仮面の人・森鷗外

「エリーゼ来日」三日間の謎

林 尚孝

Hayashi Naotaka

同時代社

森家の家族　右より鴎外、祖母キヨ、長男於菟、母峰子、弟潤三郎。撮影年不明、森静男が死去した明治29年頃と思われる。　(財)日本近代文学館所蔵

ドイツ滞在時の森鴎外　撮影年不明。
(財)日本近代文学館所蔵

まえがき

二〇〇一年一一月一六日

朝三時ころ目が覚め、枕元にあった小平克《こだいらまさる》（補遺参照）からの分厚い封筒の封をきった。中から「エリス事件異説」と題する原稿が出てきた。それが、「エリーゼ来日事件」の謎解きにのめり込むきっかけとなった。忘れもしない二〇〇一年一一月一六日未明のことであった。

原稿はA4判の用紙にワープロ書きで、半角66字、53行、30枚というものであり、四〇〇字詰めにして約二六〇枚という大作であった。目が痛くなるような読みにくい原稿であり、読もうか読むまいかと迷いながら、いつの間にか引き込まれ、八時すぎまでかかって読みおわった。

若き日の森鴎外を若いドイツ人女性が追ってきたという事実をまったく知らなかったし、鴎外の作品もほとんど読んでいなかったので、書かれている内容はただ珍しく面白いと感じながら読んだ。しかし、帰国後一カ月目の森林太郎が、軍医の辞表を提出したという仮説には驚くと同時に、このような奇想天外な仮説をよく考えつくものだ、となかば呆れながらも心底感心した。

小平による「エリーゼ来日事件」についての「鴎外の軍医辞表提出説」は、文献はおろか、誰ひとり夢想だにしなかった独創的な仮説であり、私の好奇心を強く刺激した。

ひときわ注目したのは、論証を進めるためにまとめたひとつの表である。それは、「石黒忠悳《ただのり》日記」、「小金井良精《よしきよ》日記」と小金井喜美子による「次ぎの兄」の記事を時系列的に並べた比較対照表であった。この問題にまったく白紙状態であった私にも、これまで「エリス事件」について第一級の資料とされてきた「次ぎの兄」の記述が虚飾を含んだものであることを十分納得させるものであった。この表を見なければ、「エリーゼ来日事件」にのめりこむこともなかったと思う。大変重要な表であるので、巻末に示すことにする。

舞姫事件

「舞姫事件」？　エッ、そんな事件あったっけ、と思われるにちがいない。「舞姫事件」とは、小平克との共同研究にもとづいてつけた名称であり、不思議に思われても当然である。

鴎外を追って一八八八（明治二一）年に若いドイツ人女性が来日した事件は、「エリス事件」として知られている。「エリス」ではなく、「エリーゼ・ヴィーゲルト」が本名であるとわかったのは一九八一年のことであった。それにもかかわらず、この事件は相変わらず「エリス事件」と呼ばれているうえ、このエリーゼという女性がどのような人物なのか、なぜ日本に来たのかをめぐって研究者の間でも意見がわかれたままである。

本書の目的は、エリーゼの人物像を追求すると同時に、彼女が鷗外に残した大きな影響を明かにすることにある。われわれは、「石黒忠悳《ただのり》日記」にある「謎の三日間」の記述から出発し、鷗外が軍医の辞表を提出してまでエリーゼと結婚するつもりであったことを論証しようと試みた。「鷗外の軍医辞表提出」および「舞姫事件」は、われわれが新に提起した仮説である。エリーゼの帰国後一カ月で、鷗外は赤松登志子と正式に婚約し、翌年二月に結婚、一年八カ月後には離別する。この謎に満ちた展開を追ってみると、来日したエリーゼへの鷗外側の切迫した対応は、赤松登志子との縁談と密接な関係があり、二つを切り離して考えることができないことが明かになる。これを正確に表すならば「エリーゼ来日事件と赤松登志子縁談事件」とでもいうような長たらしい呼称になる。エリーゼの来日から登志子との離婚の間に、鷗外は処女作「舞姫」を発表している。この事件を念頭において読み直してみると、この小説はエリーゼへの謝罪・鎮魂のための自己告発の書であるとともに、登志子への離別のサインを織り込んでいることが読み取れる。この事件を象徴する小説「舞姫」にちなんで、われわれはこれを「舞姫事件」と名づけることにしたのである。「舞姫事件」は鷗外にとって生涯忘れることのできない事件であった。

ところで、読者は、なぜ農業機械の研究・教育に携わってきた農学の徒が「舞姫事件」に興味をもったのかと疑問に思われるにちがいない。その年の一二月、小平から、著名な鴎外研究者四氏に「エリス事件異説」の原稿を送ったところ、各氏からいずれも否定的な返事を受け取ったと聞いた。私は、小平の仮説は正しいと考えており、四氏のほうが間違っているのではないかと、小平を激励した。それが共同研究を始めるきっかけとなった。私には小平の仮説こそ的を射た「補助線」であると思われたからである。

ピタゴラスの定理と補助線

研究生活をつづけていると、研究をいかに進めるべきかと考えることが多い。私が指針としていたのは、ユークリッド幾何学におけるピタゴラス（三平方）の定理の証明法である。

まず、直角三角形の直角をはさむ二辺にたつ正方形の面積の和と対辺にたつ正方形の面積が等しいという事実を知ることが大切になる。問題提起あるいは問題設定といってもよい。研究にとって何が問題なのかを見出すことが何よりも大切である。

つぎに、これが特殊な例として成りたつのか、一般的に成りたつのかを知ることである。ピタゴラスの定理の証明にはいくつかの方法があることが知られている。ここでは、いちばん簡明で、私を感動させ続けている方法について引用したい。

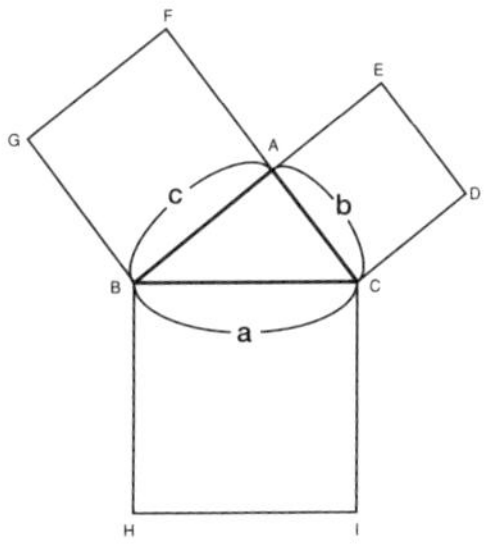

図 1

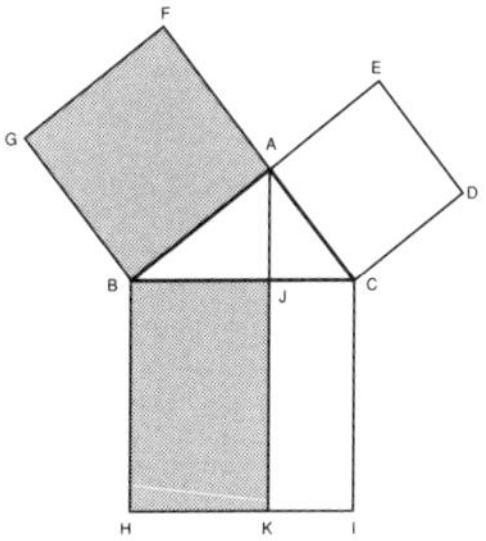

図 2

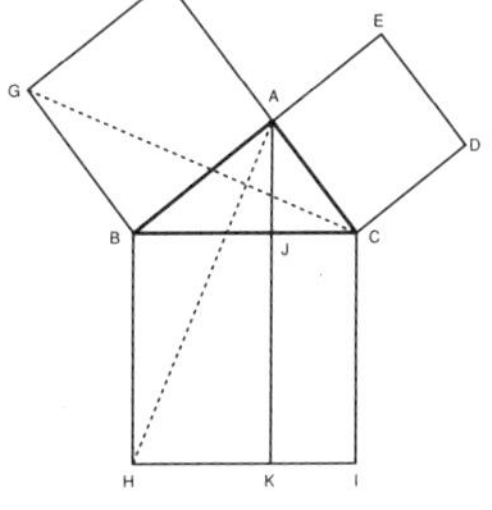

図 3

図1に示すように、問題提起（$a^2=b^2+c^2$）を図で示されただけでは、どうしてよいのか混乱するだけである。図2のように、直角の頂点から対辺に垂線をおろし、対辺上の正方形を二つの長方形にわけると、手がかりが出てきたような印象をうける。それは、それぞれの対応する正方形と長方形の面積が等しいことを知れば、証明できるのではないかというヒントを与えられるからである。そうなると勇気がわいてくる。何とかして、正方形と長方形の面積が等しいことを証明しようという目標が見つかる。

その目的のために、図3のように補助線をひくと、三角形ＢＣＧと三角形ＢＨＡは後者をＢを軸に回転させると重なり合う合同関係にあることがわかる。一方三角形ＢＣＧと正方形ＢＡＦＧは底辺ＢＧを共にし同じ高さ（ＦＧ）を持つことから、また、三角形ＢＨＡと長方形ＢＨＫＪは

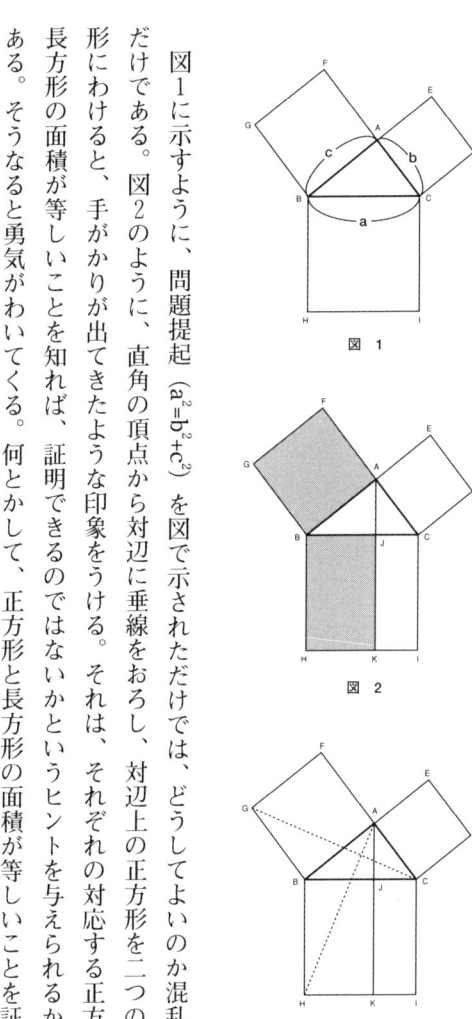

底辺ＢＨを共にし同じ高さ（ＢＪ）を持つことから、正方形と長方形の面積は、それぞれの三角形の面積の二倍であることがわかる。合同関係にある二つの三角形の面積は等しいことから、正方形と長方形の面積は等しいことが証明される。

反対側についても同様に証明されるから、ピタゴラスの定理は普遍的な真理であることが理解される（反対側についてはＡＩとＢＤに補助線を引くことになる）。

一本の補助線を引くことにより解決する。が、一本の補助線を見つけることは、実はむずかしい。しかし、適切な補助線を引くことにより、一見何の手がかりもないような問題を解決することができる。「鷗外の軍医辞表提出」という仮説は、「エリーゼ来日事件」を読み解くために小平が引いた素晴らしい補助線であると、私は考えている。

エリーゼ来日事件の多くの謎

エリーゼが鷗外を訪ねて来日したのは一八八八年九月であった。今から一一七年前のことである。多くの研究者が「エリーゼ来日事件」について検討してきており、その間に多くの貴重な資料が発見され、一歩一歩真実に近づいているように見える。しかし、来日したエリーゼの人間像は今もって確定していない。しかも、エリーゼは金銭目的で来日したという「路頭の花説」（長谷川泉ら多数の研究者）と、鴎外はエリーゼと結婚しようと考えていたという「永遠の恋人説」（成瀬正勝、吉野俊彦、山﨑國紀ら）とが対立したままであり、今もって決着をみていない。

このような背景のなかで、「石黒忠悳日記」（以下「石黒日記」）にある一〇月六日から八日の「謎の三日間」の記述から、一〇月八日に鴎外は石阪惟寛陸軍軍医学舎長に軍医の辞表を提出したという大胆な仮説を立て、それを追うことによって、次々に新しい事実が発見される。その結果、「エリーゼは鴎外と結婚しようとして来日した」という結論に到達する。もちろん、このような記録は残されてはいないし、これまで誰もこのような説を提出してはいない。

鴎外がエリーゼと結婚しようとしていたとするならば、エリーゼの帰国後一カ月で赤松登志子と婚約し、四カ月後に結婚したことをどのように説明できるのかという謎をはじめとして、いくつもの謎がある。

それらの謎をはじめに列挙しておきたい。

大きな謎として次のようなものがあり、これまでも議論の対象になってきた。

○来日女性の名前はエリーゼ・ヴィーゲルトでよいのか。
○エリーゼはなぜ来日したのか（金銭目当てか、結婚目的か）。
○鴎外はなぜエリーゼを招いたのか（追いかけてきたという説が流布されている）。

○エリーゼの渡航費は誰が出したのか。
○鴎外はどのようにしてエリーゼとの結婚を実現しようとしていたのか。
○エリーゼの帰国直後に、なぜ赤松登志子と婚約（結婚・離婚）したのか。
○一八八二年から八四年にかけての鴎外の異常な著作活動は何を意味しているのか。

エリーゼ来日当時の記録については、次のような具体的な謎が挙げられる。
○10月6日、鴎外はなぜ石黒忠悳《ただのり》を訪ねたのか。
○10月7日、母峰子、弟篤次郎《とくじろう》、妹喜美子の三人はなぜ石黒忠悳邸を訪ねたのか。
○10月8日、石黒忠悳と石阪惟寛《これひろ》はなぜ鴎外について内談をしたのか。
○10月10日、鴎外はなぜ石黒忠悳を訪ねたのか。
○10月12日、鴎外の親友賀古鶴所《かこつるど》はなぜ石黒忠悳を訪ねたのか。
○10月12日、賀古鶴所はなぜ小金井良精《よしきよ》を訪ねたのか。
○10月14日、なぜ鴎外は賀古鶴所宛書簡を書いたのか。
○10月4日の帰国交渉決裂状態から、なぜエリーゼは急に帰国することになったのか。
○10月17日、エリーゼはなぜ「少しの憂いも見せず」離日したのか。

これらの謎を矛盾なく説明することが必要となるのである。エリーゼ来日事件は、ドイツ人女性の来日問題だけからこれまでは論じられてきた。しかし、この問題は「赤松登志子との結婚問題と表裏一体であると考えないと謎は解けない」というのが小平と私の結論である。われわれも、当初はエリーゼ来日事件にのみ焦点を当てていたが、行きづまってしまった。この間に「西周日記」の解読が進み、鴎外と登志子との婚約関係についての資料が入手できた。時系列的には、エリーゼ来日事件と登志子婚約事件がからみあって起こっているが、本書ではわれわれの研究の足取りに従って、二つの事件を別々に分けて書くことにする。その方が、これまでの研究史の流れに沿っているうえ、理解しやすいと思われるからである。

＊デジタル化時代を考え、「鷗外」の代わりに「鴎外」を用いたほか、原則として西暦、必要な箇所にはアラビア数字などを使用することを、はじめにお断りしておきたい。旧字（正字）を使うと、メールを送ったり、ホームページに載せたりしようとすると、文字化けを起こしてしまう。また、明治、大正、昭和、平成などという和暦を使用すると、今から何年前の出来事であったのかも即座には理解できない。

＊鴎外の著述についての引用は、原則として、ちくま文庫『森鴎外全集』全一四巻（一九九五年）によった。本書は、原則として文語体作品以外は新漢字・新仮名づかいを採用している。また、読みやすさを考慮して、其（その、それ）、此（この、これ）、併し（しかし）なども原文に若干の修正がほどこされている。

＊「石黒忠悳日記」、「小金井良精日記」、「西周日記」、「賀古鶴所宛鴎外書簡」などは漢字・カタカナ交じり、略号入りのうえ旧字を使って書かれている。本書は学術書ではないので、若い読者にもなじみやすい平仮名を使うなど、なるべく現代文風に書き換えて示している。

＊引用文献の引用箇所など詳しい表示は行っていない。また、著者による注釈も（　）の中に行っているが、著者注というような表示も省略している。

＊書籍、雑誌は『　』で、小説名、論文名、日記などは「　」で示した。

＊研究者については敬称を省略した。失礼をお許し頂きたい。

＊厳密な論証は、小平克の著書『森鴎外論―「エリーゼ来日事件」の隠された真相―』（おうふう、二〇〇五年四月）に譲ることにする。

第一章　「エリス事件異説」

「エリス事件」とは

「エリス事件」の概要を整理してみると、次のようになる。

一八八八（明治二一）年九月八日に四年間のドイツ留学をおえた鴎外は、横浜港に帰着した。それを追うように、若いドイツ人女性が九月一二日に横浜港に到着し、築地精養軒に逗留し、一〇月一七日に横浜港を発ち帰国した。

鴎外の死後一四年目の一九三六年（昭和一一年）に、鴎外の次女小堀杏奴《あんぬ》と長男森於菟《おと》が、若いドイツ人女性の来日について、相次いで公表した。杏奴は母志げからの伝聞として、於菟は祖母峰子からの伝聞としてであった。杏奴は「父は友人に頼んで、女が船からあがらぬ中に金を与えて帰ってもらったそうである」と書き、於菟は「親孝行な父を総掛かりで説き伏せて父を女に

小金井良精は、鴎外より三歳年上で、事件当時二九歳、東京大学医学部教授であった。喜美子の夫であったから、森家の家族から厚い信頼を受けて事件解決に奔走した。

良精は、越後長岡藩の中級武士の家に生まれており、母は「米百俵」で有名になった小林虎三郎の妹幸《ゆき》である。彼は鴎外より一年先に東京大学医学部を卒業していたが、彼も鴎外同様年齢を偽って医学部に入学したため、卒業したのは二一歳であり、しかも成績は首席であった。そのため、卒業した年に文部省派遣留学生としてドイツ留学を命じられ、五年後の一八八五年の夏まで同地に滞在した。

帰国すると彼は東京大学医学部講師となり、同医学部で日本人による最初の解剖学の講義を行なった。その初講義を聴講した篤次郎は、彼の風貌をドイツ留学中の鴎外に「氏は容儀秀美、威風厳然たるのみならず、温厚沈着、且つ弟等に接するに親切にして、実に愛敬すべきの人なり」と書き送っている。教授になったのはその翌年である。彼は帰国して間もなく小松八千代と結婚したが、彼女は翌年六月に病死した。喜美子との再婚は鴎外の親友賀古鶴所がとりもっており、賀古によってドイツ滞在中の鴎外から承諾を得ている。

小金井は、「エリーゼ来日事件」の直前、北海道からアイヌの人骨調査をして帰ってきている。その後も継続した「アイヌ族の研究」の業績は今日でも学問的に評価されている。エリーゼにかかわる日記も、形態学的人類学の学者にふさわしく、無駄のない簡潔な文章でそのときどきの状況を的確に記録している。

エリーゼの滞日状況

エリス来日事件を知るためには、エリーゼ来日当時の滞在状況を知っておく必要がある。エリーゼの滞日についての直接的参考資料としては、小金井喜美子による作品「森於菟に」と「次ぎの兄」および喜美子の夫・小金井良精による日記がある。

資料としての価値を考えてみると、「小金井良精日記」（以下「小金井日記」）はエリーゼ来日当時に毎日記録されていたものであり、作為が入りこむ余地は少なく、信頼性は高い。「小金井日記」全文は公開されていないので、長谷川泉著『鴎外文学の側溝』から引用する。

これに対し、鴎外の実妹である喜美子の回想文は、鴎外の死後一四年目に書かれているうえ、甥の森於菟と姪の小堀杏奴によるドイツ人女性来日公表をうけて書かれた著述であり、日付を特定した記述ではないので信頼性には疑問がある。とくに、鴎外の名誉を護るという目的のために書かれている疑いがあり、実妹とはいえ記述の内容をそのまま事実と受け止めるわけにはいかない。その一方で、小金井日記にはないエリーゼに関する具体的な記述が残されている。喜美子の作品がなければ、「エリス事件」そのものも世に出ることはなかったし、謎解きの手がかりもまったく掴めなかったといってよい。その意味において、今日に至るまでの論争の材料を提供し、また謎解きの手がかりを与えているかけがえのない資料であると位置づけることができる。

はじめに、「小金井日記」によるエリーゼ来日当時の状況を押さえておきたい。エリーゼの日本滞在は三六日間であり、横浜港に到着した九月一二日から一〇月一五日までは築地精養軒に、一〇月一六日は横浜糸屋に宿泊し、翌一七日早朝横浜港から離日している。「小金井日記」で確認できるのは、九月二四日以降の宿泊場所であり、一三日以前についての築地精養軒滞在は推定である。来日と離日の日程については、当時の週刊英字新聞に記載されている船客名簿から確定したものであり、「小金井日記」には来日の期日は記されていない。

付表にあるように、エリーゼの滞在は起承転結ともいえる四期間に分けられる。

第Ⅰ期	9月12日～9月23日	(12日間)	無風期	(起)
第Ⅱ期	9月24日～10月3日	(10日間)	帰国交渉期	(承)
第Ⅲ期	10月4日～10月13日	(10日間)	交渉決裂期	(転)
第Ⅳ期	10月14日～10月17日	(4日間)	帰国期	(結)

九月二四日の「小金井日記」には「今朝篤次郎子教室に来り林子事件云々の談話あり夕景千住に到り相談時を移し十二時半帰宅」と記されている。当時東大医学部の学生であった鷗外の弟篤

次郎が、二四日朝、東大医学部教授であった小金井良精を東大教室に訪ね、「林子（林太郎）事件」について話をした。そのために、夕刻森家のある千住を訪ねて相談し、一二時半に帰宅した。翌日の記事には「午後三時半教室より直ちに築地西洋軒に到り事件の独乙婦人に面会種々談判の末六時過帰宿」とある。

この日記の記事から、九月二三日に森家がエリーゼの来日を知り、翌二四日朝篤次郎が使者となり、ドイツ留学の経験のある義弟小金井良精（東大医学部で鴎外の一年先輩）にエリーゼ来日の事実を知らせたことがわかる。それを受けてその夕刻、彼は千住に出かけ、相談して一二時半に帰宅している。「相談時を移し」としか日記にはないが、翌日からの交渉開始を考えると、鴎外を含めた親族会議が開かれたと考えてよいだろう。二四日夜遅くまで森家の親族会議が開かれ、二五日から帰国交渉が開始されたものと思われる。その帰国交渉もいきなり「事件の独乙婦人に面会種々談判」という理解に苦しむきびしい表現が記されている（帰国交渉期）。二四日以降は、「小金井日記」からエリーゼの消息を知ることができる。

一〇月四日の日記に「林子の手紙を持参す事敗るる直に帰宅」と書いた後、良精はエリーゼと会うことはできなくなった。一四日に精養軒で鴎外とエリーゼ、小金井の三人が帰国準備の打合せをおこなうまで、なぜか良精の帰国交渉は途絶したままになっている（交渉決裂期）。

このように、エリーゼの滞在は起承転結をともなった劇的な四時期に区分される。詳細については、以後の検証の中で触れることにする。

「次ぎの兄」によるエリス事件

「エリス事件」の第一級の資料として、喜美子の「森於菟に」（一九三六年）と「次ぎの兄」（一九三七年）が用いられてきた。森於菟は、先妻登志子との間に生まれた長男であり、「次ぎの兄」とは鴎外の弟篤次郎のことである。

「森於菟に」は重要な文献であるが、同じ題名で違う内容の二作品がある。「冬柏」（一九三三年三月）に掲載されたものと、「文学」（一九三六年六月）に載った作品である。後者にはエリスの名前があるが、前者では「エリス事件」については言及していない。小金井喜美子の『森鴎外の系族』に納められている「森於菟に」は前者である（岩波文庫、二〇〇一年）。

喜美子は、鴎外のことを「お兄い様」と書き、篤次郎のことを「お兄いさん」と書いて区別している。篤次郎は開業医であったが、歌舞伎評論家三木竹二としても有名であった。喜美子と歳も近く、一九〇八年に四一歳で病没した次兄について長い随筆「次ぎの兄」を捧げ、二人の兄を敬愛の念あふれる筆致で描いている。文中で、「エリス事件」についても触れている。

両著とも「エリス事件」を世に出すきっかけを作った重要な文献である。ここでは、「次ぎの兄」について「エリス事件」の内容をかいつまんで以下に紹介する（『森鴎外の系族』所収）。

九月二四日の早朝、母峰子がやってきて、ドイツ人女性が築地の精養軒に滞在していることを知らせた。その話によれば、鷗外は帰国した日の九月八日に、その女性が来日するかもしれないということを父親静男に告げていた。彼女は「普通の関係の女」であるが、留学仲間のなかに森家が富豪であるとそそのかした者がいたので、それを真に受けて「日本に往く」といいだし、「踊りもできるが手芸も上手」なので「自活して見る気」になった。「手先が器用なくらいでどうしてやれるものか」といったら、「まあ考えて見ましょう」といって別れたということだった。このような話であったから、母はまさか来はすまいと思っていたという。

九月二四日夜、千住の森家で開かれた親族の打ち合わせで、鷗外は「時間の厳しいお役所の上、服も目立つ」ので、東京大学に勤めていた夫の小金井良精が交渉にあたることになった。そこで、小金井は、翌二五日に築地の精養軒へ出向いて「エリス」に会った。その後、こちらの様子をも種々話して聞かすために、暇のあり次第、毎日通った。気軽な篤次郎も立ち寄り遠慮なく連れ立ってそこらを案内した。「かれこれしている中、日も立ってだんだん様子も分ったと見え、あきらめて帰国しようかといい出した」。そこで、日を打ち合わせて鷗外も顔を出して相談し、帰国船も決まった。その後、「忙しいので二、三日間を置いて」精養軒へ行くと彼女はいたって機嫌がよく、篤次郎と買い物をしたといって土産物をならべて見せた。その無邪気な様子を見た小金井は、喜美子に「エリスは全く善人だね。むしろ少し足りないぐらいに思われる。どうしてあんな人と馴染みになったのだろう」というので、喜美子は「どうせ路頭の花と思ったからでしょう」と答えた。旅費、旅行券は皆取り揃えて夫が持っていって渡したという。

十月十六日に、夫は鴎外と落ち合って築地へ行き、そこからエリスと三人連れで横浜へ行くと、篤次郎が宿泊の手配をすませて待っていた。翌十七日の朝七時に艀《はしけ》に皆乗り込んで帰国船まで見送った。

前年に書かれた「森於菟に」の中のエリスは、「次ぎの兄」の中のエリスとはかなり違う印象のエリスである。その一部を紹介すると次のようである。

エリスといふ人とは心安くしたでせう。大変手芸が上手で、洋行帰りの手荷物の中に、空色の繻子とリボンを巧みにつかつて、金糸でエムとアアルのモノグラムを刺繍した半ケチ入れがありました。帰朝の時後を慕って来たのはほんとです。横浜どころか築地のホテル迄も来たさうです。叔父さんと一緒に逢ひに行つたり、船迄送つたのは宅の主人です。成程小柄な美しい人だったと申しました。舞姫の中に「この常ならず軽き掌上の舞をもなしえつべき少女」とあるのも頷かれます。快く帰国したのは主人が一二度行つて話す中に、家庭の偽らぬ様子がわかつてあきらめたのださうです。其頃はまだあちらの人達に日本の国情がよくわからず、幾分生活状態を買ひ被つて居たのだと聞きました。そんな例は他にいくらもあつたさうで。それが片附いて私の宅へ礼にお出になりました時、「ほんとにお気の毒の事でした、妊娠とかの話を聞きましたが、」、「それは後から来ようと思ふ口実だつたのだらう、流産したとかいふけれどそんな様子もないのだから、帰つて帽子会社の意匠部に勤める約束をして来たといつて居た。いや心配をかけた宜しくいつてくれ。」私との話はたゞそれだけでした。

これらの喜美子の証言によって、鴎外を慕って来日した女性は、「舞姫」のモデルとなった女性エリスであり、鴎外を「富豪の子のように思い詰めて」勝手におしかけてきた「少し足りないくらい」の女性であったという見解が定着した。鴎外にとっては「路頭の花」、つまり、留学中に知り合った一時的な交際相手だったという見方が定着してしまった。

「次ぎの兄」の虚飾

小平の「エリス事件異説」は、小金井喜美子の記述の虚飾を見事にあばいている。喜美子の夫の残した「小金井日記」および鴎外の上司の「石黒日記」と、喜美子の「次ぎの兄」とを比較した付表の「比較対照表」をじっくりとみて欲しい。「小金井日記」も「石黒日記」も作為の入りこむ余地のない客観的な資料と考えてよい。

「小金井日記」には、一〇月四日に「事敗るる直に帰宅」と書かれ、翌五日には「午後築地に到」としか書いていない。おそらく、五日午後、精養軒を訪ねた小金井は、エリーゼから面会拒絶にあったとみてよい。この段階では、鴎外の書状を届けて帰国交渉が「敗」れただけであり、旅費、旅行券その他を届けられる状態ではなかったことは明かである。ところが、喜美子の記述では、帰国交渉が順調に進んでいるとある。

良精と喜美子の結婚の労をとった賀古鶴所が一〇月一二日に小金井家を訪ねている。「小金井日記」には、「夕影賀《マ》古子《マ》来る森林子に付ての話なり共に晩食す」とあり、二人は鴎外についての話をして夕食を共にしている。賀古鶴所がエリーゼ帰国に関して重要な役割を担っていたと推測されるのに、この事実は「次ぎの兄」には書き落とされている。

さらに、重要なのは一〇月七日の午前中、母峰子、兄篤次郎と喜美子の三人が上司の石黒忠悳軍医監の自宅を訪ねているのに、この事実も欠落している。明治時代の慣習はどのようなものであったのかよくわからない。しかし、現在でも、親戚でもない限り肉親が上司宅を訪問するようなことはほとんどない。しかも、鴎外本人は同行せず、弟と他家へ嫁いだ妹が母と一緒に訪ねている。この訪問自体異常であり、帰国交渉の決裂した三日後のことでもあり、エリーゼに関係しての訪問であったと考えるのが自然であろう。この重要な事実を伏せ、帰国交渉は順調に進んだとしているのは、事実を隠蔽しているものと考えてよい。

決定的な虚飾の証拠は、エリーゼ来日後九三年目にあたる一九八一年になって発見された。週刊英字新聞に掲載されていた一八八八年当時の船客名簿から、ドイツ人女性の本名が判明した。船客名簿にあったドイツ人女性の名前はエリーゼ・ヴィーゲルト（Elise Wiegert）であることが明かになった。来日したドイツ人女性に「エリス」という名前を与え、「成程小柄な美しい人だったと申しました。舞姫の中に『この常ならず軽き掌上の舞をもなしえつべき少女』とあるのも頷かれます」と書いた小金井喜美子の虚飾について、これ以上書く必要はない。

小平が、小金井喜美子の記述に疑問を持ち、「次ぎの兄」に欠落している部分を「石黒日記」と照合し、この事件の鍵になるのは第Ⅲ期（交渉決裂期）にあるのではないかと考えるにいたった。「謎の三日間」に注目する契機は、「次ぎの兄」の虚飾にあった。

研究の史的区分

これまでに見てきたように、「エリーゼ来日事件」は、かつては「エリス事件」として知られてきた。エリーゼ来日以来一一七年が経過しており、その間に多くの研究者がこの事件について論述している。しかも、鴎外がエリーゼに関する証拠を湮滅したこともあって、ドイツ人女性を「エリス」と呼ぶなど、時間経過にともない、用語その他に混乱が見られる。ここで、「エリーゼ来日事件」についての研究史を次のように区分しておきたい。

第Ⅰ期　研究空白期　（一八八八～一九三五）四八年間

第Ⅱ期　エリス期　　（一九三六～一九八〇）四五年間
第Ⅲ期　エリーゼ期　（一九八一～二〇〇四）二四年間
第Ⅳ期　舞姫事件期？（二〇〇五～　　）

鷗外作品に見られる外国人女性について研究者は早くから注目していたが、「次ぎの兄」公表以前にはまったく手がかりがなく、エリーゼについて言及した研究はない。

小金井喜美子が「森於菟に」を公表した一九三六年まで、エリーゼの来日の事実は知られていなかった。鷗外の死後一四年たって、ドイツ人女性の来日の伝聞を森於菟と小堀杏奴が発表したのを受け、小金井喜美子がはじめてくわしい事情を公表したからである。しかし、鷗外の名誉を護ろうとしたのか、彼女はエリーゼに「舞姫」のヒロインのエリスという名前をあて、金銭目当てに来日した「路頭の花」のような「少し足りない」女性であると記述した。

したがって、一九三六年以前は具体的な研究は皆無であり、「研究空白期」と名付けた。それ以後は、鷗外の実妹・小金井喜美子の著作が第一級の資料として定着し、来日女性の名前は「エリス」であるとされ、以後「エリス事件」として研究されてきた。ドイツ人女性の名前は「エリス」として研究が行われてきた期間を「エリス期」と呼ぶことにする。

その後、「小金井日記」（一九七四年）や「石黒日記」（一九七五年）が相次いで公開されて、エリーゼ来日当時の事情が明かになり、小金井喜美子の記述に疑問が持たれるようになった。彼女の記述の虚飾を決定づけたのは、エリーゼ来日九三年後の一九八一年五月二六日の朝日新聞夕刊の記事であった。そこには、エリーゼ来日を掲載した週刊英字新聞「ザ・ジャパン・ウィークリ・メール」("The Japan Weekly Mail")の船客名簿が、中川浩一・沢護の両氏によって発見され、ミス・エリーゼ・ヴィーゲルト(Miss Elise Wiegert)は九月一二日に横浜港に到着、一〇月一七日に横浜港から出発していることが記されていた(口絵参照)。ドイツ人女性の名前と同時に、来日した期日も明かになった。また、金山重秀・成田俊隆の両氏は寄港地やそこでの名簿名を公表している。したがって、一八八一年からは、「エリーゼ期」として区分できる。

「エリーゼ来日」が客観的事実として立証されたにもかかわらず、「路頭の花説」と「永遠の恋人説」の決着はつけられていないうえ、さらに新しい混乱した状況が生じている。エリーゼのユダヤ人説や彼女の名字はヴィーゲルトではなくワイゲルトであるとか、さらにアンナ・ベルタ・ルイーゼ・ヴィーゲルト説などという、論理的によく理解できない新説が提出されている。

本書では、エリーゼ・ヴィーゲルトを来日女性の氏名とする。乗船にあたって本人が書いた氏名に偽りはないという単純な理由からである。確かに、一箇所だけ、香港での船客名簿にヴィーゲルトではなく、ワイゲルトと記されていた。ドイツ語では、「ei」と「ie」の語順はしばしば出てくる。冠詞の「ein」や「die」は頻繁に出てくる。したがって、見誤って、係員あるいは記者がワイゲルトと書き写してしまった可能性はある。しかし、一箇所を除き、他の港全部でヴィーゲルトと認識されている。偽名を使う理由もない以上、ヴィーゲルトと考えるのが合理的である。

「舞姫」のエリスの父は、エルンスト・ワイゲルトであり、仕立物師と設定されている。鷗外が小説を書くとき、登場人物の氏名に容易に推定できる名前を与えてはいるが、実在の名前を書くことはない。ドイツ人に限ってその原則を破る理由も見あたらない。むしろ、「舞姫」でワイゲルトという名前をあたえているのであれば、ヴィーゲルトと考える方が自然であろう。

「路頭の花」か「永遠の恋人」か

研究史からわかるように、「エリス期」には小金井喜美子の記述が一人歩きしていた。エリーゼは「エリスという名前」の「小柄な『舞姫』のヒロインに似た美しい人」で「金をせびりに来日した」「少し足りないと思われる善人」であり、「路頭の花」のような女性であることが信じられていた。

しかし、「エリス期」においても、小金井喜美子の記述に疑問を抱いた研究者がいた。一九七二年、喜美子の記述に疑問を投げかけ、成瀬正勝が「舞姫論異説　―鷗外は実在のエリスとの結婚を希望してゐたといふ推理を含む―」（『国語と国文学』）で、はじめて「エリーゼ＝永遠の恋人」説を唱えた。ところが成瀬は翌年に永眠し、一方で次々に「永遠の恋人」説を否定する論文が出され、成瀬の「永遠の恋人」説は消えかかっていた。成瀬の論文の題名にも「実在のエリス」とあり、この時点では来日女性の名前は「エリス」であると信じられていた。

否定の論拠としては、一〇月一四日に鴎外から出された「賀古鶴所宛書簡」にある文言や、陸軍武官結婚条例の存在などがあげられている。

長谷川泉は『鴎外文学の位相』（一九七四）で、「賀古鶴所宛鴎外書簡」にある「其源の清からざること」とあるのは、「エリスとの交情が最初から結婚を前提としての交際や恋愛関係ではなかったことを暗示している。すなわち、鴎外にとっては行きずりのかかわりあいであったことを示唆している」と述べて、成瀬説を批判した。成瀬の死によって、この批判への反論はなされなかった。この「賀古鶴所宛書簡」は、「其源の清からざること」という文言と同時に決別宣言とも受け取れる文言があり、「路頭の花説」を強力に支持する文書となっている。これまでの研究では、この「賀古鶴所宛書簡」を「永遠の恋人説」の立場から解釈することはできず、「路頭の花説」を崩すにいたっていない。

平岡敏夫は「『舞姫』成立前後」（一九八〇）で成瀬説に否定的な見解を述べている。その論文に「陸軍武官結婚条例」を明示し、結婚は不可能であろうとする。「エリス」来日という事実は二人の「情事関係」の並大抵ではない深さを雄弁に物語るものではある。しかし、陸軍一等軍医である鴎外が結婚する場合には「陸軍卿の許可を受くべし」の規定が適用されるはずで、上官の奥書が必要になる。陸軍省の実力者石黒忠悳は、鴎外と「エリス」との関係が「其源の清からざる」情人関係であることを知っているのだから、上官の奥書は得られないだろう。このことから鴎外が正式の結婚を予想していたとは考えられない。内縁関係を東京で再現していくことも、身分・

地位・財力等からして不可能だったはずであると述べた。陸軍武官結婚条例の存在を鴎外が知っていたとすると、「永遠の恋人説」は成立するにしても、結婚のためにエリーゼを来日させたという説は成りたたない。このような強力な反論が出されて、成瀬の「永遠の恋人」説は花火のように消えてしまった。

「エリーゼ期」に入り、「永遠の恋人」説に立つ山﨑國紀や吉野俊彦などの手堅い実証的研究により、鴎外研究者の間では「永遠の恋人」説が優勢になっているように見える。しかし、本書のように「エリーゼは結婚のために来日した」と断定する説に比べると、歯切れの悪さがみられる。それを証明する文献がないことと「賀古鶴所宛鴎外書簡」の解釈ができないためである。

しかし、少なくとも、今日では「永遠の恋人」説を正面きって否定するような論者は見当たらない。いずれにしても、両説とも決定的な論拠を見つけることができない状況にある。

今もって「路頭の花」説と「永遠の恋人」説のいずれが正しいのかは決着を見ていない。

鴎外年譜に見る「エリーゼ来日事件」

このように研究者の間でも結論が得られていない「エリーゼ来日事件」である。これまでに出版されている書籍には、この事件についてほとんど記載されていないか、誤解を招くような記載が残されたままになっている。

一九六九年三月刊行の河出書房『日本文学全集』第7巻『森鷗外』の年譜は、長谷川泉によって次のように記されている。

九月八日、横浜港に入港、東京に帰った。同日付けで陸軍軍医学舎教官に補せられる。同月二四日までの間に留学中の情人ドイツ婦人エリスが後を追って来日、築地の精養軒に泊まったが、鷗外は直接会わず、良精・篤次郎らが会って事情を話し、十月十七日、横浜から帰国させた。

鷗外研究者として著名な長谷川泉による年譜であり、「次ぎの兄」しか資料がない当時としては、正確な記述であると考えてよい。ただし、「次ぎの兄」には、鷗外が横浜港で見送りしたことが書かれてあり、「鷗外は直接会わず」の記述には疑問が残る。

一九七一年一一月刊行の筑摩書房版『森鷗外全集』別巻の年譜には次のようにこの事件が解説されている。

同月二十四日エリスというドイツ女が後を追つて来て築地の精養軒に泊まつていたが、鷗外は直接会わず、良精・篤次郎らが会つて事情を話し、十月十七日横浜から帰国させた。

来日したのが九月二四日と読むことができる記述であり、前項の河出書房版より不正確である。しかも、「ドイツ女」という表現や「帰国させた」との記述から、この女性が鷗外にとって好ましくない女性であるというニュアンスが感じられる解説である。

本書で引用した、ちくま文庫版『森鷗外全集』第一四巻（一九九六年八月）には、

七月五日、石黒軍医監に従ってベルリンを発ち、帰国の途についた。九月八日、帰京。即日、陸軍軍医学舎教官に任じられた。同月十二日、エリーゼ来日、彼女は十月十七日に帰国した。

と事実だけが正確に書かれている。

岩波書店から刊行されている『鷗外全集』全三八巻は、鷗外全集としては評価の高いものである。一九七一年に第一刷が、一九八九年に第二刷が刊行された。「エリス事件」が公表されたのは一九三六年であるにもかかわらず、第三八巻末（一九九〇年版）にある年譜には、エリス来日の事実すら書かれていない。エリーゼの名前が確定したのは一九八一年であるから、エリーゼの名前がないのは納得できるが、エリス来日の事実も記載されていない理由は理解できない。

さらに、一九九六年に刊行された田中実編『作家の随想（一）森鷗外』（日本図書センター）の年譜を見ると明治二一年の該当箇所には次のような記述がある。

七月五日、石黒忠悳とともにベルリンを出発し、九月八日横浜に帰着。同日陸軍軍医学舎（のち陸軍軍医学校）教官に就任。同月十二日、在ドイツ中親交のあったエリーゼが鷗外を追って来日。鷗外は会うことなく、弟篤次郎や小金井良精らが説得し、十月十七日帰国させた。

本書は、文学関係、医学関係、講演の三ジャンルについて鴎外が残した文章や記録をまとめた大部の研究資料集（三六三頁）である。来日ドイツ人女性の名前「エリス」は「エリーゼ」と正しい名前になり、来日と離日の年月日も正確である。しかし、エリーゼは「鴎外と会うことなく帰国させられた」ことになっており、事実に反する記述となっている。

以上のように鴎外研究者にも正しく把握されていない「エリーゼ来日事件」である。本書の目的の一つは、このような誤った「エリス」像を正そうとするところにある。

第二章　エリーゼ来日事件

1　来日から帰国まで

三日間の謎

われわれが補助線と考えた「三日間の謎」から出発することにしよう。

エリーゼ滞在について、その具体的状況を知ることのできる資料は、「小金井日記」と「次ぎの兄」の記述しかない。しかし、その他に、鴎外のその期間の行動を的確に書き残した「石黒日記」が残されている。小金井良精も小金井喜美子も鴎外の近親者であり、その記述には主観的なものが入りやすい。しかし、「石黒日記」には客観的事実のみがきわめて短い文章で淡々と綴られており、その記述は事実と考えてよい第一級の資料である。

石黒忠悳《ただのり》軍医監は鴎外の上司であり、当時陸軍省医務局次長として事実上最高責任者を務めていた。石黒は、一八八七年九月にカールスルーエで開催された万国赤十字社同盟総会に政府代表として参加するためドイツに渡り、帰国する一八八八年七月までベルリンには一年近く滞在している。ドイツ滞在三年を経ていた鷗外は、石黒の世話をしてうちとけた仲となった。総会最終日に鷗外が石黒に代わって日本代表としてドイツ語で演説し、各国代表の賞賛を受けた。石黒は鷗外の有能ぶりを改めて知り、信頼を厚くした。したがって、石黒が帰国に際して鷗外を同伴者に選んだのは当然のなりゆきであった。帰国当時、石黒は四三歳、鷗外は二六歳であった。

われわれが注目したのは「石黒日記」の一〇月六日から八日にかけての次の記述である。

10月6日(土)　森来る
10月7日(日)　朝森林太郎母並弟妹来る
10月8日(月)　石坂《ママ》より森の事を内談ある

この記述の中でも、とくに目をひくのが、七日の記事である。現在でも肉親が上司の自宅を訪ねることはほとんどありえない。しかも、鷗外本人をともなわず、弟と他家に嫁いだ妹を連れての母親の訪問である。峰子と篤次郎の二人は、当時森家のあった千住を出発し、本郷東片町に住んでいた喜美子と落ち合い、牛込揚場町にあった石黒邸を午前中に訪問している。当時の交通事情（人力車か徒歩）を考えあわせると、緊急な用件であったのではないか。鴎外と共に帰国した石黒への表敬訪問であるとも考えられるが、帰国一カ月後であることや、鴎外をともなわない訪問は、その種のものではないと考えてよい。

次に問題になるのは、八日の記事である。「石坂」とあるのは、正しくは「石阪」である。石阪は、石阪惟寛《これひろ》のことであり、当時陸軍軍医学舎長であった。鴎外は帰国した九月八日付で、陸軍軍医学舎教官に任命されており、石阪は鴎外の直接の上司である。その石阪が、石黒と鴎外のことで「内談」をしている。公にはできない相談をしたとあり、外部に知られては困る内容であったと考えてよい。陸軍省医務局は当時麹町区隼町（現在千代田区隼町）にあり、軍医学舎は当時麹町区富士見町四丁目（現在千代田区富士見町二丁目、法政大学構内）と離れた場所（約一キロ半）にあった。石阪はわざわざ石黒を訪ねての内談であり、これも緊急を要する用件であったことをうかがわせる。

この二日間の異常な記事をみると、六日にある「森来る」にも重要な意味があるように思える。なぜならば、石黒はわざわざ日記にこの三文字を記しているからである。重要な要件ではない訪問であるならば、不要な三文字である。鴎外もまた軍医学舎からわざわざ医務局を訪ねていることを考えると、この三日間の記事には関連があると考えざるをえない。この三日間の記述は何を意味するのだろうか。われわれの謎解きはここから出発した。

軍医の辞表提出

幾何学での補助線は直感的に思い浮かぶものであり、その論理性を説明することはほとんどの場合不可能である。

小平は、「次ぎの兄」に欠落している交渉決裂期の三日間の「石黒日記」に注目した。その謎を説明できるのは、鴎外が軍医の辞表を提出したという仮説だけであると考えついた。それを書いた「エリス事件異説」を読んだ私は、この仮説こそ「エリーゼ来日事件」を解く補助線であると確信した。

一〇月六日の「森来る」は、鴎外が、軍医の辞表を八日の月曜日に石阪舎長に提出することを、あらかじめ石黒に報告にいったものと考える。石黒はベルリン滞在中の鴎外を知っており、カールスルーエの万国赤十字社同盟総会での活躍ぶりを見ていると同時に、七月五日ベルリンを出発し、九月八日に横浜に到着するまで六八日間生活を共にしている。鴎外は辞表提出にあたり石黒軍医監を意識せざるをえない立場にある。しかし、鴎外の辞表は石黒に提出することは不可能である。辞表は直接の上司である石阪軍医学舎長宛にしか提出することはできない。石阪に提出された辞表は直ちに石黒に伝えられることは明かである。鴎外は石黒に八日の辞表提出とその理由をあらかじめ説明するために訪問したと考えるのである。

一〇月七日の森家三人の石黒忠悳訪問はなぜ行われたのだろうか。鴎外が八日に陸軍軍医辞職願を提出するという決意を知った森家一同は驚愕したにちがいない。四年間のドイツ留学で出世街道の第一歩を踏み出した鴎外の帰国は、わずか一カ月前のことである。陸軍を退職すれば、一介の町医者として父静男の後を継ぐ以外に道はなくなる。場合によっては、四年間の留学費用の弁済を求められるかも知れない。前日、鴎外からその決意を聞いた森一家は、何をおいても鴎外から提出される辞表を取り戻さなければならないと考えた。最高責任者で鴎外と一緒に帰国した石黒忠悳を訪ね、辞表を受け取らないよう懇願したのではないか。篤次郎は、良精のエリーゼ帰国交渉の場に時おり立ち会っていて、エリーゼを直接知っている。喜美子は夫良精から帰国交渉の一部始終を聞いていて、交渉が決裂した経緯を知っていた。峰子はそれらの情報を耳にしてはいたであろうが、石黒への訴えかけには二人を同道することが最善策であると考えたものであろう。日曜日の石黒邸訪問は、このように考えれば理解できる。

同じ一〇月七日の「小金井日記」には「午後おきみを携て団子坂辺え散歩す」という記述がある。午前中の石黒邸訪問の結果を良精が喜美子から聞くために散歩したのではないだろうか。良精としては四日の「事敗るる」という交渉決裂直後の時点でもあり、事態の推移に深い関心をいだいていたことであろう。関連することであるが、巻末の比較対照表にあるエリーゼを横浜港で見送った一〇月一七日には「午後三時頃おきみと共に小石川辺に遊歩す」と記している。良精と喜美子は、散歩をしながら鴎外に関する話をする習慣があったように思われる。

一〇月八日の石阪と石黒の「内談」は、その直前に鴎外から軍医の辞表が提出されたとすれば、何の疑問も生じない。陸軍軍医として同期生のなかで出世コースの先頭を走っている鴎外から辞表を提出されて石阪は驚いたにちがいない。一カ月前に陸軍軍医学舎教官として、部下になったばかりである。鴎外と一緒に帰国した石黒軍医監に報告にゆき、善後策を立てようと考えたのではないか。石黒は、前々日に鴎外から直接説明を受け、前日には森家一同から懇請を受けており、石阪の事情説明を聞くまでもなかった。石阪に当分の間内密にしておくようにと命じたことと思われる。まさに「内談」にふさわしい訪問であったということになる。

三日間の不可思議な事件を関連あるものとし、鴎外が「軍医辞表提出」を行ったと考えると、その謎はすっきり説明ができる。この「軍医辞表提出説」に立って以後の論及を進めることにする。

辞表提出の動機

「三日間の謎」は、鴎外が軍医の辞表を提出したと仮定すると氷解する。しかし、辞表が受理された後の悲惨な状況を考えると、鴎外がそのような無謀な行為に走るとは常識的にはとうてい考えられない。無謀な辞表提出を鴎外が試みたことについて納得できる動機が見つからないかぎり、

「三日間の謎」を解いたということはできない。

「石黒日記」は簡潔に事実を記しているだけなので、軍医辞表提出の動機を見出すことはできない。帰国交渉にあたっていた小金井良精による「小金井日記」の一〇月六日直前の記述に、重要なヒントがある。すなわち、一〇月四日と五日の記事である。

10月4日(木)　午十二時教室を出でて築地西洋軒(精養軒)に到る林子の手紙を持参す事敗るる直に帰宅

10月5日(金)　午後築地に到

四日の「事敗るる直に帰宅」と五日の「午後築地に到」の記事から、良精の帰国交渉は完全に暗礁に乗り上げてしまったことがわかる。五日の記事は、エリーゼを精養軒に訪ねた小金井が、面会拒絶されたと受け止められよう。「午後築地に到」としか書かれていないので、具体的に何が起こったのか不明であるが、面会できなかったことは推測できる。交渉決裂の原因は四日の「林子の手紙を持参す」にあることもはっきりしている。

問題は、鷗外の手紙に書かれていた内容であるが、これまでの解釈では、「金銭上のもつれ」で決裂したとされている。金額で折り合いがつかなかったとすれば、翌日訪ねてきた小金井をエリーゼが面会拒絶するはずはない。手切れ金を提示されて逆上したとしても、一日経過していれば面会謝絶という挙に出るとも思えない。重要なのは、これ以後小金井は一四日の帰国準備打合せに行くまで、築地精養軒を訪ねていない。よほど手ひどい拒絶を受けたか、小金井抜きの帰国交渉が別ルートで始まっていたか、のいずれかであろう。

そもそも鴎外とエリーゼは密かに会っており、手紙を書く必要はなかった。それは、「小金井日記」の九月二七日の記述から明かである。

9月27日(木)　五時半過出でて築地西洋軒《ママ》に到る、林太郎子既に来て在り暫時にして去る

「林太郎子既に来て在り」の記事から、鴎外はひそかに精養軒にエリーゼを訪ねていたことがわかる。その後の「暫時にして去る」は主語がないために、鴎外が去ったのか、良精が去ったのかは文面からは特定できない。しかし、去ったのは良精であったと考えてよい。その理由は、九月二五日から三日連続でエリーゼを訪ねて帰国交渉をしていたのが、翌日から一〇月二日まで精養軒を訪ねていない。エリーゼを訪ねていた鴎外を思いがけず見て、小金井は、帰国交渉を鴎外が妨害していると思い、不快感を覚えたのではないか。また、鴎外は良精が来たとしても、慌てて辞去する必要はない。鴎外にとって良精の来訪は予期できる事態であり、密会を見つかってかえって開き直ったのではないだろうか。

鴎外と良精のどちらが去ったかは実は大きな問題ではない。鴎外がエリーゼと会っていたことが明かになったことは、鴎外とエリーゼはそれ以前にも会っていたことが推測できるからである。エリーゼが来日してから二週間以上も経った九月二七日になって初めて鴎外が精養軒を訪ねたとは到底考えられない。ホテルの紹介をはじめ、日本に不案内であるエリーゼの滞在については鴎外が援助していると考えてよい。したがって、鴎外とエリーゼは会話を通じて十分に意思疎通を図ることができたのであり、手紙を書く必要などまったくなかった。

一〇月四日に、良精が鴎外の手紙を持参しエリーゼに手渡したことは、鴎外がエリーゼと会うことが不可能になった事態を意味する。九月二七日の件で、鴎外はエリーゼへの訪問を森一族とくに母峰子から固く禁じられたのではないか。そして良精が持参した鴎外の手紙の内容はエリーゼを激怒させ、それ以後エリーゼは小金井との面会をも拒否するにいたった。

その手紙は、森一族の意思によって無理に鴎外が書かされた離別の内容であったものと推測する。若い女性の身でありながら五〇日をかけて単身で訪日し、手紙をもらうまで鴎外からは一言も別れ話を聞いたこともなかった。第三者である小金井が思いがけない内容の手紙を持参したことで、エリーゼは鴎外の裏切りと卑劣なやり方に逆上するほどの怒りを示したのではないか。

この推理を裏づける鴎外の歌がある。「我百首」の第四〇首である。「我百首」は、『沙羅の木』に収載されている。鴎外が一九〇九年五月一日発行の雑誌『スバル』（『昴《スバル》』）に発表したものであるが、彼の文芸作品のなかでもっとも難解なものに属するといっていい。第四〇首を紹介する。

護謨をもて消したるままの文くるるむくつけ人と返ししてけり

この歌の内容を、「消しゴムで消した跡のある手紙を寄こした無作法な人にそれを突き返しました」と理解するのは容易である。しかし、何を詠んでいるかとなるとまったく理解できない。その当時は、手紙は毛筆で書かれるのが慣例であり、鉛筆で手紙を書くこと自体ありえない。主語がないので、鴎外が突き返したのか、鴎外が突き返されたのか字面からは判断できない。しかし、鉛筆書きの手紙を交換できるほどの仲であれば、鴎外がその内容に立腹して手紙を突き返すことは考えられない。ましてや、消しゴムで消した跡のある鉛筆書きの手紙を理由にして鴎外が突き返すなどと考えるのは論外である。鴎外が出した手紙が突き返されたと考える方が自然である。鴎外に手紙を突き返すような人物がいるとも考えられない。しかし、それがエリーゼであったとしたならば、一〇月四日小金井良精が持参した鴎外の手紙とぴったり符合するのではないか。

ドイツ人のエリーゼ宛に鉛筆で手紙の下書きを書くことは自然のことである。母峰子にはドイツ語がわからないので、その手紙はおそらく良精か篤次郎によって内容を点検されたことであろう。当然、消しゴムで消した跡もあったことだろう。下書きをペンで書き直すこともせず、良精がエリーゼに渡したのであろう。下書きを浄書する余裕もない事情がうかがわれる。エリーゼはその内容と同時に、消しゴムの跡のある失礼な手紙にも怒りを爆発させたことと思う。
この事実を詠んだのが、第四〇首であるのはほぼ間違いないと考えていい。現在でも鉛筆で手紙を書くような人はきわめて稀である。消しゴムの消し跡のある手紙自体が当時では想像することもできない異様な出来事であり、想像の産物としてこのような歌を作ること自体まず不可能であると考えるからである。

鴎外の姿を築地精養軒で小金井が見た九月二七日以前の記録は、次のとおりである。

9月24日(月) 今朝篤次郎子教室に来り林子事件云々の談話あり夕景千住に到り相談時を移し十二時半帰宅
9月25日(火) 午後三時半教室より直に築地西洋軒に到り事件の独逸婦人に面会種々談判の末六時過帰宿
9月26日(水) 三時半出でて築地西洋軒に到る愈帰国云々篤子も来る共に出でて千住に到る相談を遂げ九時帰宅

九月二四日夜、独逸婦人の来日を知った小金井が森家を訪ねた件については、前章で触れたが、この時点から一〇月四日までの経過をさらに詳しく追ってみたい。

二四日夜小金井が千住の森家を訪ねたのは「事件の独逸婦人」への対応を協議する親族会議に出席するためであったと考えてよい。翌日から三日間小金井がエリーゼを築地精養軒に訪ねていることから見て、その夜に鷗外を交えて「事件の独逸婦人」への対応を協議したと考えられる。鷗外の意向を無視して、二五日からの帰国交渉はあり得ないからである。「独逸婦人の即時帰国」という結論をもって東大教授の小金井が、九月二五日と二六日の両日、午後三時半に東大医学部を出て築地精養軒に赴き、二七日には午後五時半に東大を出ている（この日の訪問時刻変更が鷗外と鉢合わせする原因になったのかも知れない）。東大教授の三日間連続の精養軒訪問はきわめて異様な事態であり、森家親族がエリーゼの帰国を一刻も早く実現しようと考えていたことを示している。九月二五日の小金井日記「事件の独逸婦人に面会種々談判」にもそれは示されている。初めてエリーゼに会ったときから「談判」が始められている。それにもかかわらず、二七日に鷗外の姿を精養軒で見かけてから、一〇月二日まで小金井は精養軒を訪ねていない。それまでの三日間が異様であると同時に、その後四日間精養軒を訪れなかったのも異常なことといわねばならない。なぜ、森家の意向に反し、小金井は精養軒訪問を中断したのであろうか。

考えられるのは、二四日夜の親族会議で鷗外が「即時帰国」の結論に同意しながら、陰に回ってエリーゼへの帰国交渉を妨害していると小金井が考えたことである。そんな交渉は「御免だ」と考えて、小金井が帰国交渉を放棄する意向を行動で示したのが、四日間の訪問中断だったのではなかろうか。狼狽した森家は、鷗外に帰国交渉をするように促したが、小金井日記に「築地西洋軒に至る模様宜し六時帰宅」とあるように、一〇月二日になっても、エリーゼの状況には変化が見られなかった。堪忍袋の緒が切れて、母峰子は一〇月三日夜、鷗外に別れ話を書かせたのではないか。ドイツ語が読めない峰子であるから、小金井が旁らにいたのではないか。この推測は、後の「雁」でも触れるが、かなり確度が高いものであると考えている。

おそらく三日夜に、エリーゼ宛に書かれた手紙は、鉛筆書きであるうえ、エリーゼが予想もしなかった内容であった。翌四日に、その手紙を、第三者である小金井から受け取ったエリーゼは鷗外の卑劣なやり方に激怒するのは当然のことであったろう。

鷗外はエリーゼの激しい怒りを聞き、自分自身の人間としての醜さをはじめて恥じたにちがいない。鷗外を信じて、単身五〇日の航海をして、未開の地日本にやってきたエリーゼの気持ちを無視したやり方に気づき、己を責めさいなんだことと思う。直接別れ話をすることなく、いきなり礼を失した手紙を第三者に託した卑劣な行為は許しがたい裏切り行為であり、どんな言い訳もできない。手紙に記したような困難は、来日前に十分話しあっていたことと思われ、森一族の圧力の前にもろくも変心してしまった「弱い心」に歯ぎしりしたのではないか。「舞姫」の冒頭にある「弱き心」に対する悔「恨」は、この時点での出来事を反映しているものと考えられる。

エリーゼの怒りと悲しみを知った時点で、鷗外は彼女に誠意を示したいと考えた。それは結婚の約束を即座に実行することである。しかし、陸軍武官結婚条例が壁として立ちはだかっている。直ちに結婚するためには、陸軍軍医を辞職する以外に方法はないと決断したことと思われる。おそらく五日に小金井がエリーゼとの接触を断たれた時点で軍医辞職を決意し、翌六日、鷗外は石黒を訪ねたことであろう。

一〇月一〇日辞表撤回

「石黒日記」の一〇月一〇日の記事にふたたび「森林太郎来る」とある。軍医辞表提出説が正しいと仮定すると、これは辞表撤回のために石黒を訪ねたと理解できる。

軍医辞表撤回はエリーゼが結婚を拒否したことを意味している。ということは、一〇月八日の軍医辞表提出と一〇日の間に鷗外はエリーゼと会っていると考えざるをえない。鷗外の軍医辞表提出を知ったエリーゼは、即座に帰国を決断したのではないか。

小金井に託された手紙には、二人の結婚に賛成する人は誰もいない事情が書かれていた。軍医辞職によって二人の生活の前途は難しくなるだけではなく、四年間のドイツ留学も無駄になってしまう。さらに、留学費の返還を求められることも覚悟しなければならないことも記されていただろう。愛する鷗外の将来のためには、「帰国することが真の愛を貫くこと」であると考えたことと思われる。さらに憶測すれば、彼女が頼りとする鷗外自身が、強制されたとはいえ、鉛筆で書いた別れ話を第三者に託する卑劣な行為をとったことも許せなかったのかも知れない。ベルリンで話しあったときには、そのような困難も想定していたのに「何と情けない」という思いもあったろう。

いずれにせよ、エリーゼの決断は速く、九日にはエリーゼの帰国という固い意思を鴎外は受け容れざるをえなくなったのではないか。

エリーゼが帰国するとなれば、軍医辞職願はまったく無意味なものになってしまう。帰国前の辞表の撤回こそエリーゼの願いでもあったろう。翌一〇日に鴎外は石黒のもとに出頭し、恥をしのんで辞表の撤回を申し出たことと思われる。

賀古鶴所の奔走

一〇月一〇日、鴎外は辞表を撤回し、一〇月一七日の早朝エリーゼは横浜港を出港した。この間、小金井は、エリーゼとの面会もままならず、「小金井日記」には四日から一四日の帰国打合せまで、エリーゼに関する記事はない。そうなると、エリーゼの帰国のための旅費や乗船券などの準備を誰が行ったのかが問題になる。良精以外には、篤次郎と本人の鴎外くらいしかエリーゼのために動けそうもない。しかし、「石黒日記」と「小金井日記」に賀古鶴所の名前が載っている。同じ一〇月一二日の二人の日記の記事は次のとおりである。

「石黒日記」　10月12日　加《ママ》古氏森の事を相談す
「小金井日記」　10月12日　夕影賀古《ママ》子来る森林子に付ての話なり共に晩食す

「石黒日記」の「加古氏」も、「小金井日記」の「賀古子」も、鴎外の東大医学部以来の親友賀古鶴所のことである。賀古鶴所は、鴎外の遺言を筆記したことでも知られている。鴎外が帰国と同時に勤務することになった陸軍軍医学舎に、賀古は教官としてすでに勤務していた。このような関係から考えて、賀古が帰国準備を行った可能性は高い。同じ日に、賀古が訪ねてきたことを「石黒日記」と「小金井日記」に見ることができるが、夕食を共にしている記事からみて、賀古は石黒を訪ねてから小金井家に向かっている。両日記とも、鴎外のことについての訪問であることを示しており、エリーゼ帰国の労を取ったのは賀古鶴所以外にはありえない。

余談になるが、喜美子の「次ぎの兄」にある夫良精が「旅費、旅行券は皆取り揃えて」持っていったというのが虚飾であることは、以上の事情からも明かであろう。

一〇日に辞表を撤回した後に、エリーゼ、鴎外、良精の三人が精養軒で帰国の相談を一四日にしていることから、一二日の段階ですでに帰国準備万端が整ったのか、ほぼ見通しがついていたかのいずれかであろう。「共に晩食す」という「小金井日記」の記事には一件落着のニュアンスを読み取ることができ、すでに一切の手続きが終わっていたことを推測させる。

後述するように、一〇月一四日に、鴎外は賀古鶴所宛に返事の書簡を出している。一四日に返事を出すためには、賀古は一二日か一三日にエリーゼ帰国に関する鴎外への手紙を出し、少なくとも一四日の午前中までに鴎外は手紙を読んでいたと考えてよい。そこには、出国する船名、日時などが当然書かれていたことだろう。このように考えると、一二日にはすべての帰国作業が終わっていた可能性が高い。

エリーゼ帰国時の鴎外の動揺

エリーゼが急転直下帰国することになった時点で、鴎外は想像もつかない心の傷を負い、懊悩していた状態が、「小金井日記」と「賀古鶴所宛書簡」から読み取れる。賀古宛書簡については項を改めて触れるが、ここでは鴎外の動揺した言動について述べる。

「小金井日記」の一〇月一四日と一五日には次のような記事がある。

10月14日(日)　是より築地に到る林子在り、帰宅晩食千住に往き十一時帰る
10月15日(月)　午後二時過教室を出でて築地西洋《ママ》軒に到り今日の横浜行を延引す帰宅晩食し原君を見舞う

一四日の記事は、小金井が築地精養軒を訪ねたところ、すでに鴎外が来ていたとあるので、エリーゼと三人で帰国の打合せをしたことを示している。この時点では、翌一五日の横浜行きを決め、小金井はその報告をするために千住の森家に行ったことは明かであろう。「帰宅晩食」とある

ので、夕方の段階で打合せが済み、帰宅し食事を済ませてから千住に向かっている。

翌一五日午後、一四日の打合せにしたがい小金井は横浜に行くために精養軒を訪れた。ところが意外にも、「今日の横浜行を延引」することになった、とエリーゼから聞くことになる。小金井は横浜行きを中止し、そのまま「帰宅晩食し原君を見舞ふ」ことになってしまった。

この二日間の記述により、一四日夕刻の段階では鴎外は翌日横浜に行くことを決めていたのに、その後で鴎外は予定変更をしたことになる。一五日の午後「横浜行き中止」という形で、小金井はエリーゼから予定変更を聞くという意外な展開になっていたことがわかる。

この事実は、小金井が精養軒を辞去した後で、鴎外が日程変更を行ったことを意味している。なぜ、鴎外は日程変更をしたのかは、「小金井日記」からは判断できない。次項で示す、「一〇月一四日付賀古鶴所宛鴎外書簡」によって読み解くことができる。賀古鶴所宛書簡に触れる前にその間の事情を推理しておきたい。

予定どおり一〇月一五日に横浜に行くとどのような不都合が起こるのだろうか。一五日は月曜日であり、一七日のエリーゼ出港に立ち会うためには、一五日夜と一六日夜の二日間横浜に宿泊しその間横浜に滞在するか、一五日に帰京し一六日に横浜にふたたび行きその夜は横浜に宿泊し、一七日早朝の出港に備えなければならない。陸軍軍医としての勤務があるのと同時に、エリーゼと二人で過ごさなければならない可能性が高くなる。

これに対し、実行に移された一六日の横浜行きでは、一六日夜だけの宿泊で済むうえ、お目付役の小金井良精と森篤次郎が同行することができ、エリーゼと同宿しても何ら支障は生じない。

それならば、なぜ初めから一六日の横浜行きを計画しなかったのだろうという疑問が生ずる。考えられることは、一五日の横浜行きでは、一七日のエリーゼ出港に立ち会わないという計画になっていたことである。二日間も、小金井良精や篤次郎が横浜に同行することはむずかしい。となると、小金井良精らと一五日にエリーゼを横浜に送り、そのまま帰京する予定であったのではないか。森家としては、もっとも安心できる計画でもある。また、新聞記者などのマスコミの目にさらされることもなく、鴎外の名誉を守る意味でも合理性があった。

一四日夜、小金井が去った後で、エリーゼの出港にどうしても立ち会いたいという衝動が鴎外を揺り動かし、一旦は決めた一五日の横浜行きを変更した。自分の保身を中心にした計画を恥じ、エリーゼに対し最後の誠意を示そうと決意したことと思われる。あるいは、横浜港での別れで、エリーゼか鴎外が取り乱す事態を恐れていたのかも知れない。

いずれにせよ予定変更の事実は「賀古鶴所宛書簡」からも裏づけられる。

一〇月一四日付賀古鶴所宛鴎外書簡

「エリーゼ＝永遠の恋人」説に立つ数少ない研究者を悩ませ続けたのが、一〇月一四日付「賀古鶴所宛鴎外書簡」である。

はじめに、原文のままその全文を紹介する（猿楽町三丁目二番地　賀古軍医宛）。


御配慮恐入候明日ハ麻布兵営え参候明後日御話ハ承候而モ宜敷候又彼件ハ左顧右眄ニ遑ナク断行仕候御書面之様子等ニテ貴兄ニモ無論賛成被下候儀ト相考候勿論其源ノ清カラサル事故ドチラニモ満足致候様ニハ収マリ難ク其間軽重スル所ハ明白ニテ人ニ議ル迄モ無御坐候

十月十四日　林太郎　賀古賢兄侍史

この賀古鶴所宛書簡は、エリーゼ来日事件について鴎外自身が遺した唯一の資料である。これまで紹介してきた資料は、いずれも第三者の残したものである。徹底した鴎外の証拠湮滅を逃れたのが、鴎外自身が書いたこの書簡である（原文では「事」は変字体）。重要な証拠書類であり、この解釈をめぐっていろいろな説が出されている。

この書簡でとくに注目されてきたのは、「彼件ハ左顧右眄ニ遑ナク断行仕候」と「勿論其源ノ清カラサル事故ドチラニモ満足致候様ニハ収マリ難ク」の二つの箇所である。

前者については、鴎外のエリーゼへの決別宣言であるとの説が有力である。しかし、エリーゼの離日三日前に離別宣言を行うことに対し、吉野俊彦は疑問を呈している。

後者の中でも「其源ノ清カラサル事」をめぐって、これまた多様な解釈がなされてきた。小金井喜美子のいう「路頭の花」すなわち卑しい素性の女性であるという説。当時の風習として認められていなかった親の承諾を得ない結婚をさしているという説。彼女の出自がユダヤ人であるという説。……。いずれも、定説とはならないものの、さりとて否定もできない状況が続いている。

「軍医辞表提出説」を前提とし、この時期に鴎外が深く懊悩していたと仮定すると、この書簡は決別宣言ではありえないことが次の理由から明かである。

第一に、書簡が書かれた日にエリーゼ、鴎外、良精の三人は精養軒において帰国の打合せをしている。賀古鶴所は、エリーゼの帰国手続きに奔走しており、鴎外とエリーゼの決別はすでに承知している既定の事実である。改めて決別宣言を賀古鶴所に送る必要はまったくない。

第二に、この書簡はエリーゼとの帰国打合せを済ませて良精が精養軒を去ってから書かれている。小金井が去った後で彼との打合せ結果を変更している。かねて報せてあった一五日の横浜行きという見送り日程変更の弁明を賀古に送ったものであるとしか解釈できない。

最初の「御配慮恐入候」は、エリーゼ帰国のための尽力に対するお礼である。

「明日ハ麻布兵営え参候」から、この書簡が弁明のために書かれたことがわかる。一四日は日曜日であり、この日に急に出張命令を受けることはない。しかし、予定が急に変わって「麻布兵営にゆくことになった」と書き、賀古には別の日程を示していたことが推測される。

「明後日御話ハ承候而モ宜敷候」は、「明後日（賀古によって示された日程）の話（一六日横浜行き）を承っていますが、よいお話だと思います」と、一六日の横浜行きの日程への賛意を示していると解釈できる。「又彼件ハ左顧右眄ニ遑ナク断行仕候」と横浜行きを迷うことなく断行いたしますと続けている。この部分の「彼件」をこれまでは、エリーゼとの決別と解釈していたので、「断行仕候」を決別の断行と読み違えていたのではないか。

「御書面之様子等ニテ」とは、この書簡が賀古の手紙に対する返書であることを示している。「貴兄ニモ無論賛成被下候儀ト相考候」は、賀古からの手紙に書かれていた日程と同じなので、貴方はもちろん賛成して下さることと考えていますと、読み取れる。

鴎外は一五日の横浜行きを決め、賀古鶴所にもその旨伝えてあったのを一六日に変更し、それを伝えたのがこの書簡であったと考える。鴎外は、賀古が薦めてくれた一六日の横浜行きを断り、一五日に横浜に行き、一七日のエリーゼ出港には立ち会わない日程を賀古に伝えてあった。しかし、急に予定を変更し、賀古の薦めた日程を採用した。その弁明として「明日ハ麻布兵営え参候」という理由づけをしたものと考えられる。しかし、午前中の用事であれば、横浜行きの日程を中止する必要はない。小金井の一五日の日記にあるように、午後二時すぎに精養軒につくことができれば予定を変更する必要はない。「断行仕候」の文言から、一六日の横浜行きをためらわせる何かが鴎外を逡巡させていた。それをふっきったのが「断行仕候」となったのであろう。

最初の疑問は解けたが、「其源ノ清カラサル事」の「源」とは何かが問題になる。これは、エリーゼをおとしめるような意味で使われているはずはない。出港立ち会いにこだわっていた鴎外が、その時点でエリーゼについて言及する必要はない。むしろ、自分自身にかかわることを書いたと解釈すべきである。この部分については、赤松登志子との結婚問題を考慮しないと正しい解釈にはいたらない。ここでは、鴎外が自分自身の心の問題に言及した文言であると推測していることだけを書いておく。

出港時のエリーゼ

出港時のエリーゼの状況について、小金井喜美子は「次ぎの兄」の中で、次のように述べている。エリーゼの出港を見送った帰りの汽車の中で、鴎外、良精、篤次郎は次のような会話をかわしたという。

舷《ふなばた》でハンカチイフを振って別れていったエリスの顔に、少しの憂いも見えなかったのは、不思議に思われるくらいだったと、帰りの汽車の中で語り合ったとの事でした。

この「少しの憂いも見えなかった」というくだりは、鴎外ら三人の会話の紹介であり、信頼するにたる記述と言っていいが、「少しの」にはいささかの修飾があるかもしれない。この記述からは、エリーゼが何の憂いも見せず帰国していった状況が浮かび上がる。その理由は、「金銭を十分貰ったから」ではなかろう。鴎外のすべてをなげうっての結婚申し出に対し、二人の将来を考え、本当の愛を貫くことは、「結婚すること」ではなく「帰国することである」との決断が取らせた表情だったにちがいない。「この人こそわが夫」と思い定めて来日したが、愛する鴎外の将来を思って身を引く決断をしたエリーゼは、深い悲しみを秘めて「憂いを見せず」に去っていった気高い女性だったと思う。悲しみを抑えて別れを告げるエリーゼの笑顔を見た鴎外の喪失感は想像にあまりある。

さらに、小金井喜美子のこの部分の直前にある文章もそれを裏づけている。

どんな人にせよ、遠く来た若い女が、望とちがって帰国するというのはまことに気の毒に思われるのに、

この文章でとくに留意しなければならないのは「遠く来た若い女が、望とちがって帰国」するという部分である。喜美子が書いているような「金銭目当ての来日」であるとすると、「望」は「金銭」である。しかし、「金銭」を入手できなかったのに、「少しの憂いも」見せずという表現は奇妙である。「望」が「結婚」であるとすると、この文章の表現は収まりがいい。その前にある「遠く来た若い女が」という限定も、ぴったりしている。小金井喜美子は、「結婚しようとして来

日した若い女性が、結婚することができずに帰国するのに、舷でハンカチを振って憂いを見せずに帰って行ったのは不思議である」と書きたかったのではないか。

一〇月四日に小金井良精の帰国交渉が決裂してから、わずか二週間も経たずにエリーゼが急転直下帰国して行った謎。帰国に当たってエリーゼが「少しの憂いも見せ」なかった謎。

これらの謎は、エリーゼが結婚のために来日し、鴎外が見せた破廉恥な行為を怒ったが、すべてを捨てて彼女と結婚しようとした鴎外の誠意を受け容れ、「二人の真の幸せ」のために帰国した、と考えると一片の雲もなく晴れわたる。

しかし、エリーゼの帰国後わずか一カ月で鴎外が赤松登志子と婚約した事実と、結婚のためにエリーゼが来日したという推理とは相容れない。この謎解きが次の課題となるが、エリーゼ来日事件について、もう少し検討しておきたい。

2　エリーゼ来日まで

示し合わせた来日

これまでの研究では、「エリーゼが鴎外を追って来日した」と書かれてきた。事実、鴎外の帰国は九月八日であり、エリーゼの来日は一二日である。確かに、現在の交通事情であれば、「鴎外を追って来日した」といっても間違いない。しかし、当時の船旅では、鴎外らは四二日を要し、エリーゼは五〇日を要している。当時の日程四日の差は所用日程の一割にしかすぎない。現在のように空路で十数時間で到着するとすれば、せいぜい一～二時間の違いにしかすぎない。

一八八八年七月二九日、石黒と鴎外はマルセーユを発ち、九月八日に横浜港に到着している。これに対し、エリーゼは鴎外らの出港四日前の七月二五日にブレーメンハーフェンを出港し、九月一二日に横浜港に着いている。鴎外らの四二日間の旅程に対し、エリーゼは五〇日を要している日程の違いは、ドイツのブレーメンハーフェンからドーバー海峡とジブラルタル海峡を通ってマルセーユにいたる航行距離の違いにより、八日間余計に要していたと考えればよい。彼女の方が早く出港しているとなると、「追いかけて来日」という根拠は失われる。

鴎外が帰国するのにあわせて、エリーゼの旅程は作られていたと考えざるをえない。鴎外が帰国していなければ、彼女の日本滞在はむずかしいからである。当然のことであるが、上官が乗船しているため、鴎外と同じ船に乗ることはできない。こう考えてくると、二人は綿密に打合せ、鴎外の帰国直後にエリーゼが横浜港に到着するという日程を組んだものと推察できる。

さらに、これを裏づける証拠がある。帰国するためパリを出発しマルセーユに向かう前後の「石黒日記」に、七月二六日「本日森の書状来ると云ふ」、翌二七日「今夕多木子（森）報曰其情人ブレメンより独乙船にて本邦に赴きたりとの報ありたり」と記載されている。パリに滞在していた鷗外に書状が届き、翌日マルセーユでその内容について聞き、エリーゼが日本に向け出帆したことを石黒は知っていた。七月五日にベルリンを出発した鷗外は、パリの滞在先をエリーゼに報せていたことがわかる。また、「其情人」という表現により、石黒が鷗外と彼女の関係を熟知していたことが暗示される。「ブレメンより独乙船にて」という内容も、その後判明したエリーゼの旅程とも一致しており、正確である。関川夏央は、この連絡を電報によるとしているが、二六日の「石黒日記」のとおり「書状」が届いたのであろう（関川夏央『「坊ちゃんの時代」第二部』）。

小平が研究を始めるきっかけとなったコロンボ港での鷗外がエリーゼに示している気づかいについては、先に紹介した（中井義幸著『鷗外留学始末』）。二人がお互いを思いやって航海していたことを示している（口絵参照）。四二日間の航海中は、鷗外の脳裏には常にエリーゼの影があったと考えてよい。エリーゼは、「路頭の花」ではなく、鷗外にとって「永遠の恋人」であったことを裏づける諸資料である。

懊悩苦悶する鷗外

「舞姫」の冒頭部分で、主人公太田豊太郎の心境を描いた部分がある。「セイゴンの港」で「微《び》恙《よう》にことよせて房《へや》の裡《うち》にのみ籠《こも》りて、同行の人々にも物言ふことの少きは、人知らぬ恨《うらみ》に頭《かしら》のみ悩ましたればなり」。これと同様な記述が、「石黒日記」に見られる。シンガポール到着の前日、八月二一日の記述に「森昨日今日とも船室中に日本服にて平臥す非病懶也」とある。石黒は、鴎外は「病気ではない」と観察しながら、原因を「懶也」としている。「懶」は、「ものぐさ」であり、物事をするのに気が進まない状態や、気分がすぐれない状態をいう。「舞姫」にある「微恙」そのものである。なぜ鴎外がそのような状態に陥っていたのか、石黒はその原因を掴むことができないでいたようである。「舞姫」の記述と照合すると、鴎外はエリーゼの来日について懊悩していたものと推測される。

その状態は、航海中だけではなく、ベルリン出発時点から始まっていたものと推測される。「石黒日記」の七月五日ベルリンを出発した列車中での出来事として、「車中森と其情人の事を語り為に愴然たり後互に語なくして仮眠に入る」と書いている。この時点で、石黒はエリーゼと鴎外の仲を熟知しているうえ、鴎外の悲しみを察していることがわかる。しかし、この時点では「愴然」という表現からみて、鴎外も石黒も、エリーゼとは永遠の別れであると認識していたように思える。その後の事実からみて、鴎外は彼女と相談し、来日の打合せをしていたものの、この時点では本当に来日するのかどうか疑問をもっていたと、今の段階では私は推測している。

これは、エリーゼの渡航費の問題にもかかわってくる。エリーゼの高額な渡航費を誰が出したかは、現在でも論争のテーマのひとつである。鴎外が渡航費を渡していたとすれば、エリーゼの来日の可能性は高く、ベルリン出発に際し「愴然」とはならなかったのではないか。鴎外が渡航費を渡していなかったとすれば、エリーゼ本人の支出であり、「金銭をせびりに来日」するような人物ではなかったことになる。と同時に、来日の可能性は鴎外には判断できず、来日はエリーゼ自身の判断によるものとなり、高額な渡航費を考え、鴎外が「愴然」となる可能性は高い。

ロンドンの滞在中にも、鴎外は憂鬱な状態で過ごしていたと指摘されている。鴎外の語学能力は抜群であったといわれているが、石黒によるとロンドンでの英会話が通じず、やむをえず通訳を私費で雇ったと書かれている。会話能力を疑われたので、鴎外は憂鬱であったのかも知れない。しかし、「かくて両君（石黒子爵と森先生）の倫敦滞在は二週間位であったらうと思ふが、この間森博士は、後年君が人に逢ふ毎に、微笑を湛へて愛想好く談話する様子とは正反対に、無口で不景気な顔をしつゝ、手持不沙汰に控へて居た……」といふ記事がある（高橋箒庵追想）。通訳もいることだから、二週間も英会話ができないことで不景気な顔をし続けることはないだろう。ベルリン出発時の状況などを考えあわせると、語学力不足で不景気な顔に終始したのだとは思われない。

ロンドンの時点では、果たしてエリーゼは来日するのだろうか、来日した場合にはどう対処しようかと悩み続けていたように思われる。

軍医辞任を暗示する漢詩

長い航海の間、鴎外はエリーゼ来日後の問題について、懊悩しながらも具体的な対処を考え続けたことは、「舞姫」からも、「石黒日記」からも類推できる。その一つの選択肢として、軍医辞任をも視野に入れていたものと思われるひとつの漢詩が残されている（『鴎外全集』第三八巻）。

雲翻雨覆、肌膚生粟、却思顧眄憂讒讟、無如居白屋、不知遺臭将流馥、吾命蹙、何須哭、猶有一雙知己目、緑於春水緑

石黒忠悳は、横浜に着港する四日前の九月四日に、鴎外から呈上された漢詩を日記に書きとめている。帰国寸前という時点での鴎外の心境を示すものとして注目される。神田孝夫の注釈と読解（「鴎外森林太郎帰国後の憂鬱と煩悶」）を参照して意訳すると次のようである。

人情の変転常なきを思うと、皮膚が粟立つ恐ろしさである。だから考える、周囲を気にするほどに誹謗中傷が心配になるのだと。

粗末な貧しい家に住むのにこしたことはない。

侮蔑されての悪評を遺すことになるのか、美談だとの好評を伝えることになるのかわからないにしても。

自分の運命の決まる日は後いくばくもないが、どうして泣くことがあろう。

少なくとも自分にはまだ一対の知人の目があるではないか。

その目の青さは春の水よりもなお青く澄んでいる。


この詩には、横浜港到着を間近にした鴎外の緊迫した感情のたかぶりがある。それをよく示すのは「吾命蹙《わがいのちきわま》れり　何ぞ哭《な》くを須《もち》いん」の句である。「吾命蹙れり」とは、陸軍軍医でなくなる日が近づいているということなのではなかろうか。

「白屋に居るに如くは無し」とは、軍医辞職の決意を示したものと思われる。「春水よりも緑」なる「一雙の知己の目」とはいうまでもなくエリーゼのつぶらなふたつの青いひとみである。そのエリーゼが身近にいるのだからそうなったとてどうして泣くことがあろうか。彼女がいればどんな困難にも耐えられるというのである。

つまり、鴎外の軍医を辞職してもかまわないという気持ちがこの詩にこめられていると思われる。神田はこの詩を評して「わたしはこれはもう切羽つまったぎりぎりの、一種、進退伺いとしか受け取れぬ」と述べている。鴎外の生一本で純粋な性格から考えても、誇張や自己慰撫、あるいは石黒の心を探るといった不純なものをまじえるはずはない。

この詩を呈上された石黒は、「戯評」として鴎外に「其眼緑於春水緑者其人何在乎盖在後舟中」と書いている。「その眼が春の水より緑なる人はどこにいるのですか、たぶん後の船にいるのでしょう」と述べている。石黒がこれを「たわむれの批評」としたのは、鴎外の詩が切羽つまった思いを述べているだけに、おおらかな態度をみせて受け流してみせたものと考える。

残された疑問

「石黒忠悳日記」の一八八八年一〇月六日から八日にかけて残されている「三日間の謎」から出発し、鴎外の「軍医辞表提出」を仮定することにより、その謎が氷解することを示した。なぜ鴎外が軍医を辞任しようと決意したのか、帰国交渉を拒否していたエリーゼがなぜ急転直下帰国を決意し、なぜ帰国に当たって「少しの憂いも見せず」ハンカチを振って帰国したのか、などを矛盾なく説明することができた。帰国交渉を決裂させた一〇月四日に小金井が持参した手紙は、「我百首」に詠まれている手紙であることを推測し、鴎外が辞職を決意する動機を説明した。

また、鴎外研究者を悩ませてきた一〇月一四日付「賀古鶴所宛鴎外書簡」は、鴎外のエリーゼ見送りに関しての逡巡を示す内容であることに言及した。鴎外が、前日小金井と打ち合わせたエリーゼ帰国見送り日程を、突然変更した事情を、賀古鶴所に報せた書簡であることを明かできたと考えている。

さらに、エリーゼ来日前の状況について資料を検証すると、エリーゼとの結婚を前提にして来日したとする説を裏づけるものが多数見つかった。とくに、エリーゼ来日後の選択肢の一つとして、軍医辞任を示唆する漢詩が残されていることは、われわれの「軍医辞表提出」説を強く裏づけるものと考える。

以上のように、「軍医辞表提出」説によって、これまで不明であったエリーゼ像を相当部分明かにすることができた。彼女と結婚するつもりであった鴎外にとって、「エリーゼ来日事件」はきわめて深刻な事件であったことも示すことができたと考えている。

しかし、この段階でわれわれを悩ませ続けたのは次の二つの謎であった。

○エリーゼと結婚しようと考えていた鴎外が、なぜ一一月一九日、赤松登志子と婚約したのだろうか。愛するエリーゼを横浜港で見送ってからわずか一カ月しか経っていない時点での婚約である。鴎外の人格をも疑わせる疑問である。

○破綻する可能性が高いエリーゼとの結婚（実際に破綻した）を、なぜ鴎外は考え、エリーゼの来日を決行したのだろうか。

この二つは、根本的な疑問として残ってしまった。しかし、これらの謎は、エリーゼ来日事件だけに注目しただけでは、解くことはできなかった。次章で述べるように、赤松登志子との婚約問題を追うことにより、それらの謎を解くことができると考える。これによって「エリーゼ来日事件」と「登志子婚約事件」は表裏一体のものであることが明かになる。

さらに、付随する問題であるが、「賀古鶴所宛鷗外書簡」にある「其源ノ清カラサル事」の「源」はエリーゼについての言及ではありえず、鷗外自身に関して述べたものであることを指摘した。この問題も、赤松登志子との縁談と関わりがあり、次章で明かになる。

第三章　「舞姫事件」と鴎外

これまでの「エリス事件」研究でも、「エリーゼ来日事件」研究にしても、来日したドイツ人女性だけに焦点を当てて行われてきた。この事件は、赤松登志子との縁談と表裏の問題として考えないかぎり、理解できない。

この二つの事件を同時に表現するために、ここに「舞姫事件」という新しい概念を導入することにした。有名な鴎外の処女作「舞姫」は、エリーゼと登志子を念頭に置いて書かれていると考え、エリーゼ来日事件と登志子縁談事件とを合わせて、すなわち、エリーゼ来日から登志子との離婚までに起こった種々様々な事件をひとまとめにして「舞姫事件」と名づける。

1　エリーゼ帰国まで

帰国交渉の謎

前章で触れたように、森家は一八八八年九月二三日にエリーゼ来日を知り、翌二四日夜、千住の森家では小金井良精を交えた親族会議を開いた。その席には鴎外も同席したものと思われるが、それを記した資料はない。しかし、小金井が「夕景千住に到り相談時を移し十二時半帰宅」と書いているように、会議が長引いたことは推察できる。

二五日の「小金井日記」には、「午後三時半教室より直ちに築地西洋《ママ》軒に到り事件の独乙婦人に面会種々談判の末六時過帰宿」と書いてあり、「種々『談判』」とあるように、いきなり帰国交渉が強引に開始されたことがわかる。

なぜ、いきなり帰国の「談判」を始めたのだろうか。鴎外を訪ねてきた「事件の独逸婦人」であるから、何らかの「事件」を抱えていたことにはちがいない。前章で明かにしたように「鴎外との結婚を目的」として来日したら、いきなり「談判」を開始し、東大医学部教授の小金井が三日連続で、エリーゼを精養軒に訪ねているのは異常な事態といわなければならない。遠いドイツから五〇日をかけてはるばる鴎外を訪ねてきた若い女性に両親が会おうともしないで排斥するという態度は、常識の範囲外である。

いずれにせよ、二四日夜の親族会議では、当事者の鴎外が加わっていなければ、エリーゼとの交渉を翌日から開始することは不可能である。親族会議が長引いたのは、母峰子をはじめとする森家の意向と鴎外の意向が対立していたと考えれば理解できる。金銭問題であれば、鴎外と森家が対立し、長時間の会議をするはずがない。事件というのは「結婚を目的としたエリーゼの来日」であり、森家の意向に鴎外が屈服するのに時間がかかったと理解する以外に考えようはない。森家の意向は、「エリーゼの即時帰国」であり、その結論にしたがって、小金井良精が翌日から「帰国談判」を開始したのではないか。鴎外は、森家の「即時帰国」に対して反対し、「エリーゼの滞在」を主張し抵抗したものと思われる。

これまでの研究では、森家は一枚岩と考えられているのか、峰子を筆頭とする森家と鴎外の間に対立があったという主張は見られない。しかし、二四日夜の長時間にわたる親族会議、二五日からの強硬な帰国交渉開始という経過から見るかぎり、両者の間には対立があったと考えざるをえない。両者の対立があったにしても、なぜいきなり強引な「帰国談判」が開始されたのかという謎は消すことができない。

鴎外不在の婚約成立

赤松登志子との結婚を強力に推進したのは、森家の一族で長老格の西周《あまね》であった。一八八八年から一八九一年までの「西周日記」が読み解かれたのは二〇〇三年のことであるが、この日記がなければ、エリーゼ来日事件の真相には近づけなかったと考えている。

西周は「舞姫事件」の鍵を握る最重要人物である。彼は事件当時五九歳であり、元老院議官をつとめていた。彼と森家との関係は系図で示すとつぎのとおりである。

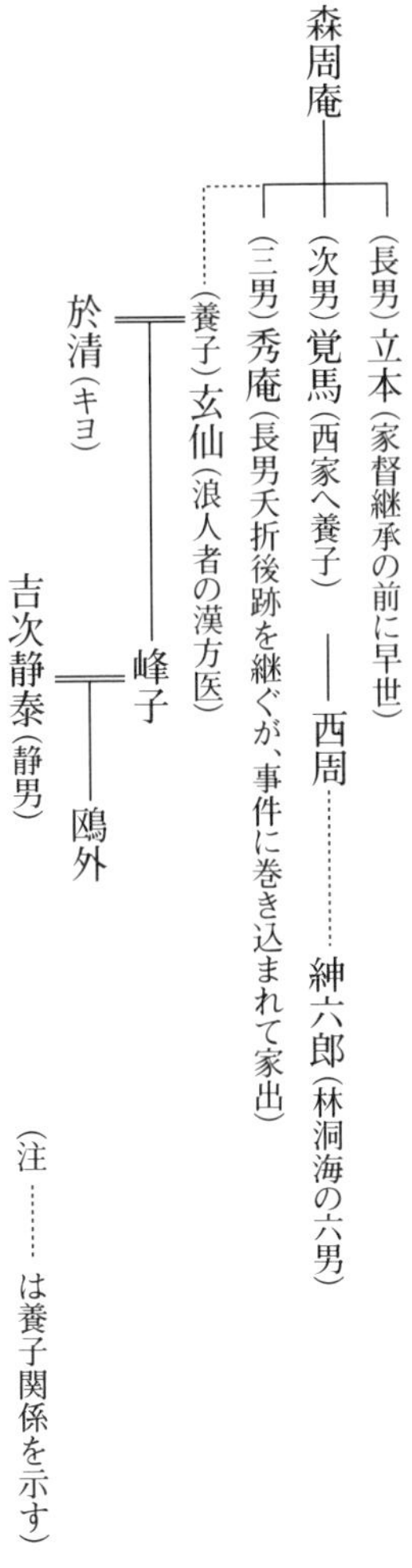

西周は、鴎外の曾祖父の次男森覚馬が藩医西家を継いで生まれた子である。その覚馬の弟で森家を継いでいた秀庵が何らかの事件にまきこまれて出奔したため、森家はいったん断絶している。その数年後に浪人者の漢方医佐々田綱浄が家督を継いで玄仙（後に白仙）と改名して森家を再興した。森家の血統を継いでいる西周を族長的存在とみなして森家は尊敬し、頼りにもしていた。

西周は、幼少のころから容貌や体格から大器の風格を備え、才能も優れていた。一九歳のときに藩主に「一代還俗」(当時医者は僧侶に準じられていた) を命じられて儒学生となり、藩校の教授手伝をした。荻生徂徠の思想に惹かれて朱子学に反発を覚えて脱藩し、江戸でオランダ語と英語を学んだ。三年後に幕府の蕃書調所 (一八六九年、東京大学の前身・大学南校に改称) の教授手伝並として抱えられたが、その翌年の一八六二年に幕府派遣の留学生に選ばれ、林紀《つな》(後に第二代陸軍軍医部本部長に就任)、赤松則良 (後に海軍中将に昇任、鴎外の妻赤松登志子の父)、榎本武揚 (後に逓信、文部、外務などの大臣を歴任) らとともにオランダに留学した。

一八六八年に徳川慶喜が静岡藩に封ぜられ沼津兵学校が開設されると、彼はその頭取に任じられた。一八七〇年に明治政府に呼び出されて兵部省に出仕し、山県有朋の信頼を得て翌年に兵部大丞(局長クラスの地位) となり、さらに一八七二年に兵部省が陸軍省と海軍省に分離すると陸軍大丞となって陸軍の近代的軍制の整備にあたった。「軍人訓戒」や「軍人勅諭」の草案は彼が起草している。

津和野から上京した一〇歳の鴎外が西家に寄寓して近くのドイツ語学校進文学社に通うようになったのは一八七二年で、官立医学校がドイツ語による教育をはじめたことを知った西周が勧めたものとみられる。その翌年に西は「明六社」に参加し、『明六雑誌』に多くの論文を発表して多彩な啓蒙活動を行っている。

西周が元老院議官に選ばれたのは一八八二年であり、この年から書きはじめられた日記には、元老院議事や日々の出来事が克明に記録されている。そのため、鴎外が帰国してからの森家との関係がよくわかる。

「西周日記」の九月一八日の記述には、「森ばゝ来り婚姻の返辞を述ぶ」と記されている。「森ばゝ」とは鴎外の祖母於清である。森家の嫡子である鴎外の婚約承諾を、森家の家長たる父静男でも母峰子でもなく、鴎外の祖母が伝えている。この一八日朝八時に、赤松登志子の父赤松則良海軍中将一家は新橋停車場から佐世保に向かった。西と赤松の関係からすれば、西は当然新橋停車場で赤松を見送るはずである。しかし、赤松を見送ったのは、西夫人升子と嫁のきよ子だけであった。於清が「婚姻の返辞」をもたらしたのは、午後三時頃であったから、赤松の出発時刻にも西はその返答を家で待っていたのだろう。西にとっても、赤松にとっても待たれた「鴎外と登志子」の婚約であったと思われる。しかし、赤松の赴任当日まで返事が遅れたことと、森家の使者が静男でも峰子でもなく、祖母の於清だったことは、西にとって意外なことであり、不審の念をもよおしたにちがいない。

九月一八日に、鴎外と登志子の婚約が成立していたとすれば、二三日にエリーゼの来日を知った森一家は計り知れない衝撃を受けたことにちがいない。当時は、結婚は家同士で行われるのが慣例であり、森家と赤松家で交わされた婚約は取り消すことができなかったものと思われる。そのような事情を考えると、いきなり「帰国談判」を始めなければならなかった森家の立場はよく理解できる。

鴎外は、この事態にどのように関わっていたのであろうか。

二四日夜の親族会議の結論が長引いたことから考えると、鴎外はこの婚約を承諾していなかったことが推測される。小金井喜美子のいうように、エリーゼが「金銭目当て」で来日した迷惑な存在であり、赤松登志子との縁談に賛成しているならば、鴎外と森親族の意見は一致しているので、親族会議は短時間で済むはずである。長時間の親族会議は、意見の不一致があったと考えるべきであり、エリーゼを選び、登志子を斥ける意向の鴎外と、赤松登志子との縁談成立の既定事実を主張する峰子をはじめとする親族とは深刻な対立状況にあったと考えてよい。

一八日の段階で鴎外が登志子との縁談を認めていれば、二四日夜の親族会議での対立は起こりえない。このように考えてくると、鴎外とはまったく無関係に婚約が進められたのか、鴎外が不承知のまま一八日の婚約承諾の返答がなされた可能性が高い。鴎外にとっては承諾できない理不尽な婚約成立であったのではないか。

九月一八日の「西周日記」には「婚姻の返辞」とあるので、返事の前に婚姻に関する話題があって当然である。それに該当する記事は、九月一〇日の「西周日記」に見ることができる。

> 舛《ママ》子、午後、千住森氏を訪ひ、林太郎の帰京を賀し、且赤松との縁談を申し込む。彼方よりの返答を申置く。一睡後入浴。松岡隣来る。其後園の葡萄を携へ来る。四時頃、舛子帰宅。

ここにある舛子とは、西周夫人升子のことである。鴎外の帰国後二日目に西夫人は千住の森家を訪ね、赤松家との縁談を申し込んでいる。さらに「彼方よりの返答を申置く」として、森家からの返事を求めている。本来であれば、森家から縁談を申し込むはずなのに、「赤松との縁談を申し込む」と書いたのは不思議な感じがする。この記述から、それ以前から縁談の話が進行していることが推測される。いきなり「赤松との縁談」を申し込むことはありえない。かねて縁談の話をしているのに、今もって返事がないので、西周は「林太郎の帰国」を機に、正式に返事を求める行動に出たものと考えてよい。しかも、その期限を九月一八日の赤松中将の佐世保鎮守府赴任としていたと推測される。

九月八日の鴎外帰国に際して西周夫妻が新橋の停車場に出迎えに出向いていることや帰国二日目に「縁談の返答」を求めていることから、西周は鴎外の帰国をまって縁談を成立させようと考えていたことがうかがわれる。

赤松登志子

鴎外の最初の妻赤松登志子は、男爵赤松則良海軍中将の長女である。前項でも触れたが、赤松則良と西周は幕末にオランダ留学をした仲間である。その仲間には、林紀、榎本武揚らがおり、帰国後姻戚関係を結び、絢爛豪華な閨閥を形成する。その関係を示すと、次のようになる。

順天堂主佐藤家と林家、赤松家、西家の関連系図

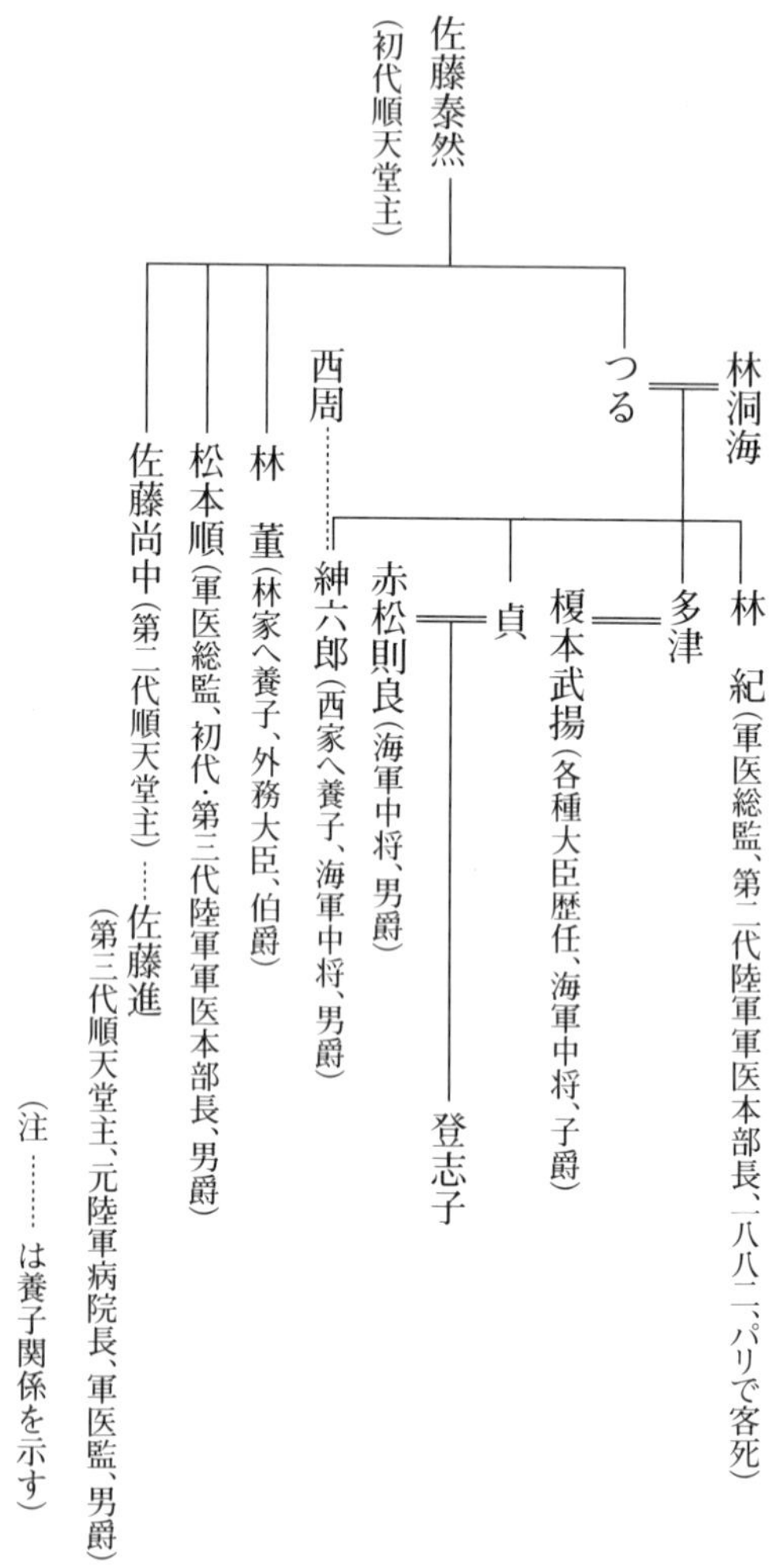

西周夫妻には子供がいなかったので、赤松則良夫人貞の弟紳六郎を養子にしている。貞の父は林洞海といい、幕府の御典医で、維新後は宮内省の侍医（皇太后付）をつとめた蘭医の長老である。林洞海には、林紀、多津、貞、紳六郎らの子女がいる。林洞海の妻つるの弟には林董、松本順（旧名、良順）や佐藤尚中がいる。彼らの父佐藤泰然は初代順天堂主である。林紀は第二代陸軍軍医本部長を務めたが、パリで急死している。その後、林洞海は妻つるの弟董を養子に迎えた。この閨閥をみると、初代・第三代陸軍軍医本部長を務めた松本順、第二代陸軍軍医本部長林紀、第二代順天堂主佐藤尚中、逓信、文部、外務などの大臣を歴任した榎本武揚、男爵・海軍中将赤松則良、伯爵・外務大臣林董、男爵・第三代順天堂主佐藤進などである。西家、佐藤家、赤松家、林家の閨閥は、当時の医学会、陸軍中枢部、陸軍軍医界、政界、海軍中枢部に顕然たる勢力を誇っていたことがわかる。

西周は、幼少の頃から鴎外の優れた素質を知っており、上京した鴎外を自宅に寄宿させ進文学社に通わせている。ドイツ語を学ばせ東大医学部に進ませるために、進文学社を薦めたのも西周であった。その西が、親友赤松の長女登志子を秀才鴎外と添わせようと考えたのも自然の成り行きであったといえよう。

赤松家の華麗な家柄に比べれば、鴎外の父静男は小藩津和野藩の御典医であったが、当時は上京して千住で開業医となっており、不釣り合いの家柄だったといっていい。鴎外の立身出世を願っていた母峰子にとっては、願ってもない赤松登志子との縁談であったと思われる。しかも、仲立ちをしているのが、森家一族から信頼されている西周である。

先に見たように、鴎外が帰国するまで森家はこの縁談について返答していなかったのは理解に苦しむことである。

森家の婉曲な婚約拒否

九月一〇日に、日限を切って赤松登志子との結婚を迫った西周は、留学中の鴎外に対しても働きかけを行ってきたと思われる。

小金井喜美子の「次ぎの兄」には次のような記述がある。


西さんのおっしゃるのは御自分の御養子、林洞海氏の六男で後に海軍の将官におなりの方、そのお姉様赤松男爵夫人の長女で登志子というお嬢さん、小さい時からよく知っているあの娘ならと思うとのことでした。「ただ本人の気持に任せて置きます」と御返事すると、今度は直接にお兄い様にお話になる。お兄い様はまた「両親の気持次第に」とおっしゃる。お互にそんな事を言い合っている中には、仲人の熱心さがいつか勝をしめるようになりました。私共は便《たより》のある度に幾分かずつ進んで行く様子を聞くだけでした。

この文章から、西周が赤松登志子を鷗外の妻にと考え、森家と鷗外に熱心に薦めていたことは明かである。いつ頃からこの縁談話が出されていたのかは、この文章からは知ることはできない。しかし、「私共は便りのある度に幾分かずつ進んで行く」という部分に注目すると、鷗外が留学中から縁談が進められていたことが明かである。九月八日に鷗外は帰国し、九月一〇日に西は縁談の返答を迫っているので、「便りのある度に」という便りは留学期間中としか考えられないからである。

問題なのは、西周の度重なると思われる縁談話に対し、森家は「ただ本人の気持に任せて置きます」と返答し、鷗外本人は「両親の気持次第に」と返答していることである。これは婉曲な拒否であり、この縁談話を進めようと考えていた西にとっては思いもよらない森家の態度であったと思われる。しかし、西は強引に話を進め、「仲人の熱心さがいつか勝をしめる」結果となったと記されている。

なぜ、森家と鷗外は、西の縁談話を婉曲に拒否したのであろうか。母峰子あるいは鷗外自身のいずれかが、あるいは森家一同がこの縁談に反対だったと考えてよい。

母峰子がこの結婚に強硬に反対したという説もある。山崎一穎、高橋英也、井田進也によって行われた鼎談「森鷗外の存在」の中で、山崎は次のように発言している（『文学』一九九七年七月号）。

結局いま明らかにされたところは、要するに鷗外が帰ってくる前から、赤松則良、林紀、西周、例のオランダ留学仲間で、赤松則良の長女と鴎外とを結婚させる話が進められているわけです。

ところが森家が保留しているんですよ。返事を出さないんです。これは母峰子がかなり強硬なんですね。これをどう考えるか、もっと林太郎にはいい嫁が、という思いがなきにしもあらずだったろうと思うんです。

前段では、留学中から縁談話が進められていたことが確認できる。後段では、母峰子が強硬にこの縁談に反対だったと述べられ、その理由はもっといい嫁があるのではと書かれている。

私は、この説には賛成できない。なぜならば、赤松登志子以上に鴎外にとっていい縁談はないと考えるからである。前項で見たとおり、赤松登志子の閨閥はこれ以上望むことができないほど立派である。鴎外の所属する陸軍軍医界についてみれば、これほど豪華な顔ぶれは他には考えることができない。鴎外の立身出世を願っていた峰子が、これ以上高望みすることはありえない。それに森家の親族でもあり、恩義のある西周が再三にわたって薦める縁談であり、家同士の結婚が当たり前であった当時としては、峰子がこの縁談を断る理由は見あたらない。

鴎外はエリーゼと結婚しようという意思をもっていた。前章で見てきたように、少なくともエリーゼは結婚するつもりで来日している。この推論を前提にすると、鴎外自身がこの縁談に反対するのは当然のことである。日本とはまったく異なるドイツでの結婚様式、すなわち、家同士ではなく個人の恋愛感情を土台にした結婚を理解していた鴎外は、顔を見たこともない女性と出世のために結婚する風習に否定的になっていたのではないだろうか。もちろん、ヨーロッパにも王家のような家同士の結婚はあることは否定できない。しかし、ヨーロッパの恋愛小説などを多読していた鴎外にとって、愛し合う者同士の結婚に惹かれるものがあったことだろう。鴎外の強い拒否反応を知っている母峰子を中心とする森家は、「ただ本人の気持に任せて置きます」としか返答できなかったのが実情ではないか。山崎のいうような直接的な強硬な反対ではなく、婉曲な否定となる返答をしていたと考えた方が合理的である。鴎外も森家に下駄を預けたふりをして、森家と同調したような婉曲な拒否を続けていたと考えたい。

われわれの結論は、森家と鴎外は一枚岩となってこの結婚に反対したのではなく、鴎外の強い反対意見が森家を動かしたため、森家を挙げて結婚に反対する形になったと考える。西周からみると理解のできない森家と鴎外の態度であり、鴎外の帰国を待って強硬な手段に訴えたのは自然な流れであった。

強硬な帰国交渉

複雑怪奇な経過をたどったにしても、九月一八日に森家の「ばゝ」が赤松登志子との婚約承諾を返答した事実は、森家を拘束するものになる。九月二四日夜の親族会議の結論ははじめから決まっていたと考えてよい。それは、「森家と赤松家の結婚」を前提とし、その妨げとなるエリーゼには「即刻帰国して貰う」こと以外にはありえない。鴎外は強く反対したものの、最終的には屈服させられたと思う。多勢に無勢であることと両親に対して反抗し続けることができない鴎外の気質（形の上で結婚は両親に一任するとしていた）と、古来の風習にしたがった結婚制度を否定できず、結局エリーゼとの約束を守り通すことはできなかった。

この時点で、エリーゼの帰国は既定の事実となり、鴎外は赤松登志子との結婚路線を進むこと以外の選択肢を失ってしまった。

以上のように考えてくると、九月二五日から始まった小金井良精による強硬な「帰国談判」や鴎外に無理に離別の手紙を書かせて小金井が持参した謎は氷解する。また、エリーゼの純粋な怒りに触れ、自分自身の行為の醜さを認め、軍医の辞表を出してまで、エリーゼに誠意を示そうとした鴎外の態度も理解できる。

しかし、このような結果を予想できるにもかかわらず、なぜ鴎外はエリーゼとの無謀とも思える結婚を考えたのだろうか。

また、なぜエリーゼ帰国一カ月後に赤松登志子と婚約し、四カ月後には結婚したのであろうか。

2　エリーゼの帰国後

森家の焦燥

エリーゼの帰国後、森家の取った態度には驚くべきものがあった。「西周日記」には、次のように記されている。

10月20日　留守に森家内、次男を連れ来る由。婚姻の談なりと
10月21日　舛子、午前林に行き赤松敏子《ママ》縁組の事を翁に嘱し了る。森得《ママ》次郎来り、兄婦の事急を要する由を述ぶ

エリーゼの帰国後三日目の二〇日に、母峰子と弟篤次郎が西邸を婚姻の相談をするために訪問したが、西が不在だったと記されている。森家はエリーゼの帰国を待って登志子との縁談を急いだことがうかがえる。

翌日、西夫人が午前中に林洞海翁に赤松敏子（登志子の誤記）との縁組みを依頼している。西は、九月一八日に祖母於清から婚約承諾の返事があったにもかかわらず、その後何の連絡もない

ことをいぶかっていたにちがいない。二人の来訪を知るやいなや縁組みの進行を再開している。

翌二一日、得次郎（篤次郎の誤記）が来宅し、「兄婦の事急を要する」と述べた。「兄婦の事」という表現は、森家ではすでに赤松登志子との結婚を既定の事実と考えていたことを示している。篤次郎は、この時点で赤松登志子を「兄婦」すなわち「兄嫁」としている。

この記述のなかでとくに注目すべきは「急を要する」と篤次郎が述べている事実である。なぜ「急を要する」というのだろう。エリーゼを見送って、四日目であり、鴎外の気持ちを考えれば、登志子との縁談を進めることははばかられるはずである。考えられる理由は、鴎外が自殺でもしかねないような状態に陥っており、結婚により早くその状態から抜け出させたいとの判断（親心）が働いていたのではないか。

鴎外のふさぎ込んだ状態を詠んだと思われる歌が、「我百首」の第六八首と第六九首にある。

拙《つた》なしや課役《えだち》する人寐酒飲むおなじくはわれ朝から飲まむ
怯れたる男子なりけりAbsintheしたたか飲みて拳銃を取る

まことに物騒な内容である。「我百首」は難解な歌が並びその表現が奇をてらっているので、鴎外の遊びであると解釈されることが多い。しかし、後で述べるように、「我百首」のなかに、鴎外はエリーゼとの想い出を塗り込めていると、われわれは解釈している。第六九首は「エリーゼに対し卑怯きわまりない態度を取ったことを思い、アブサンをあおって思わず拳銃を手にしてしまった」という鴎外の苦悩が感じられる歌だと思う。その前首では、朝から酒を飲むという異常な心理状態を表している。軍医辞職願を提出して以来、おそらく鴎外は自分自身を責め続けたにちがいない。人間として何と卑劣であったか。どうしてこのような状態を招いてしまったのか。深刻に悩み続けたことと思う。周囲からも、その鴎外の異常さは認知できたものと思われる。しかし、その悩みの根源が、「エリーゼへの裏切りから生まれた深刻な自己嫌悪」にあり、鴎外が自身の人格を否定するほど、「エリーゼへの裏切り」を深刻に思い悩んでいるとまでは森家には想像できなかったかもしれない。とにもかくにも、気落ちしている状態から早く鴎外を救い出さねばという気持ちから、鴎外と登志子の結婚を一日も早く進めたいという行動がとられたものと考えられる。

エリーゼ来日事件の波紋

西周は、エリーゼ来日事件のことを知らなかったが、思いもよらぬ形でそれを知ることになる。縁談を急いでいた西は、媒酌人にはじめ林洞海翁を予定し依頼したところ、上司の石黒忠悳の方がよいのではないかとの返事をうける。林翁から石黒に媒酌人を頼んだが断られてしまう。林翁は登志子の祖父である自分より西周の方が適当ではないかと西周に媒酌人を戻してくる。そこで、西周は自分が直接頼めば引き受けてくれるのではないかと期待して、石黒邸を訪ね石黒忠悳に媒酌人を依頼したところ、エリーゼ来日事件を理由に断られてしまう。
「西周日記」には、次のように書かれている。

11月9日　姅《ママ》子、昨夜森家内嘱托の事に付林へ行く。並に岡・高崎へも立寄る由なり。…・（略）…　お姅《ママ》、高崎にて午餐を喫し、二時帰宅。林も森媒妁を周に托せんといふ由。是に於て石黒へ行くことに決す。午後二時過より石黒へ行く。当人の帰宅を待つ久し。四時前帰宅。夫より右談にかゝる。茲《ここ》に秘事あり。不得止周媒妁に決す。依て明日書状を林へ遣し、宮内を依頼する事に決す。…（略）…帰宅すれば森得《ママ》次郎来り居る。乃ち今日の所を話し、帰し遣す。

同じ日の「石黒日記」には、簡潔に西周と西紳六郎の来訪があったと書かれている。

11月9日　西夫婦並に西悌来る　西周森のことを云ふ

この二つの日記から、西夫妻と西悌（紳六郎のこと）が石黒邸を訪ねたことがわかる。林洞海翁が西周が媒妁をしたらどうかといった（林から石黒に依頼したが断られたため）ので、石黒忠悳に（直接西から）頼むことにしたという経緯が書かれている。石黒宅で「茲に秘事あり」

として、エリーゼ来日について知ることになる。石黒に媒妁を断られて帰宅してみると篤次郎が来ていたので、「今日の所を話し」て帰宅させた。西周一家は、これまで知らなかった「秘事」を石黒から聞き、激怒したことであろう。エリーゼと鴎外との顚末を聞き、おそらくそれまでの鴎外や森一家の不可解な対応の原因をこの時点で理解したことであろう。その思いを篤次郎にぶつけたと想像されるが、「今日の所を話し」たとしか書かれていない。

森家として隠し通していたエリーゼ来日事件を西周が知り、当日おそらく篤次郎は油を絞られる結果となったことと思われる。この経緯は、後日、鴎外も知ることになったであろう。

はじめから鴎外にとって気の進まない縁談であったうえ、上司の石黒忠悳が西周にエリーゼと鴎外との関係をすべてを話してしまったことに鴎外はプライドを傷つけられたと感じたであろうし、西周の強引なやり方にも憤りを感じていたにちがいない。

その鴎外が、なぜ一一月一九日に登志子との婚約を承知したのだろうか。

謀略的な上野精養軒の集い

鴎外は、この縁談話から逃げ回っていたと思われる節がある。一方、西周は縁談を早く進めるべく各方面に積極的に働きかけていた。森家としても、西に「早く縁談を進めて欲しい」と要望しているので、何とか鴎外の口から直接西周に承諾の返事をして貰いたかったであろう。逃げ回る鴎外を、如何に説得するか腐心していたと考えてよい。

一一月一九日に上野精養軒で開かれた会合は、実に奇妙なものであった。鴎外が、西夫妻の面前で登志子との結婚を承諾させられたのは、この宴席のことであったらしい。これは小金井喜美子の「次ぎの兄」の文章と「西周日記」の一一月一九日の記事をつき合わせての判断である。

はじめに、それを伝える喜美子の「次ぎの兄」の文章を示す。

この事件のあと一月ほどしてやっと落付いた気分になりました。その頃何か医科の教授仲間の会があるのを芝居見物にしたらという事になって、世話役はお兄いさん（篤次郎）でした。……（略）……

その翌日は上野の精養軒で西さんお二人を主賓にして近しい人々三十人ばかり集めて、お兄い様（鴎外）の御帰朝祝がありました。（この後に「八」の章番号がある）

お客をしたお礼にと西さんがお出になってお兄い様の縁談をおすすめになりました。

前からちらちらとはおっしゃいましたけれど、はっきりお話になったのはその時からだと聞きました。

上野精養軒の宴席が一一月一九日であるということは、「西周日記」によって確認できる。喜美子は日時を特定していないが、「西周日記」と照合してみるとこの会のことと思われる。しかし、「近しい人々三十人ばかり集めて」開かれたというのは虚偽である。このことは「西周日記」の公開によって判明した。一一月一九日には次のように書かれている。

午後四時より上野精養軒へ夫婦連にて行く。小金井良精の婚祝・森林太郎の帰朝にて、森氏の案内なり。本日朝紳六郎帰艦。四時高木へ寄り病気を訪ふ。今晩熱出ざれば好しといふことなり、夫より精養軒に至る。森兄弟・小金井在り。余夫婦にて五人なり。直に晩餐を喫し、暫時にして帰宅。七時前なり。

この宴席の出席者は五人、鴎外と篤次郎、小金井良精、そして西夫妻だけであった。

これはいったいどういうことなのか。大胆な推理であるが、「小金井良精の婚祝・森林太郎の帰朝」の宴とは、西夫妻と鴎外を会わせるための森家の口実だったのではなかろうか。「西さんお二人を主賓にして近しい人々三十人ばかり」集まることになっていた祝宴が突然中止されたとは考えられない。西夫妻が招待されたのはその前日である。一八日の「西周日記」に「午後四時より上野精養軒にて、小金井良精婚賀・林太郎之帰朝に付き、夫婦案内を受く」とある。さらに、「森氏の案内なり」とあるのに森家の家長静男が欠席しているし、小金井の婚祝だというのに喜美子も欠席している。しかも、喜美子は「近しい人々三十人ばかり集めて、お兄い様の御帰朝祝がありました」と記しているのだから、中止しなければならないような重大事が発生したとは考えられない。

このことからこの宴席は、西夫妻の面前で鴎外に結婚承諾をいわせるために森家親族が設定した策略だったのではないかと思われる。喜美子はこの宴席について鴎外の帰朝祝いとしか聞いていなかったのかもしれない。

鴎外がこのような宴席を設定するはずはない。おそらく、小金井と篤次郎が峰子の命にしたがって森家の名前を使い、「小金井良精婚賀・林太郎之帰朝」という名目の宴会を設けたのであろう。鴎外の出席を促すために「近しい人々三十人ばかり」が集まるということになっていたのかも知れない。大勢の宴席の中では、登志子との結婚話も出るはずはないと考えて、鴎外は出席したのではないか。

五人の会食であれば、当然登志子との縁談話が出され、西周は好機と捉えて鴎外の意思を尋ねることは自然の流れである。出席者五人のうち、四人は早く結婚して欲しいと願っており森家が赤松家に婚約承諾の返答をしている以上、鴎外自身も逃れるすべはなかったと思われる。

エリーゼ帰国後一カ月目の婚約事件は、鴎外がエリーゼを結婚の対象にしていなかったという証拠として挙げられてきた。「エリーゼ=路頭の花」説を強力に裏づけるものと考えられてきた。

しかし、以上のような経緯を考えると「エリーゼ＝永遠の恋人」説の方に軍配が上がるのではないか。九月二四日、千住の森家での親族会議での結論により、登志子との結婚しか鴎外には道が残されていなかったうえ、エリーゼ帰国直後の森家の焦燥や西周の行動を考えあわせると、鴎外は罠にはめられたと、見えてくる。憔悴する鴎外を見て、その深い懊悩まで理解できずに、早く結婚させせようという親心が婚約を急がせたのは、皮肉なことといわねばならない。

エリーゼ帰国一カ月後の婚約承諾は、鴎外の心に更なる深手を負わせたにちがいない。

この段階で残る疑問は、「なぜ鴎外はエリーゼを来日させたのか」という根本的な疑問である。陸軍武官結婚条例があり、エリーゼが来日しても簡単に結婚するわけにはいかない。結婚するまでの期間、どのようにエリーゼの生活を保障しようと考えていたのか。西周による赤松登志子との結婚話が進行していることも知っていた。森家の意向として、登志子との結婚を希望していることも知っていた。それらの問題があるのを承知のうえで、どうして鴎外はエリーゼを来日させたのであろうか。

3 鴎外のドイツ留学

ドイツ留学中の鴎外に関しての研究が進み、最近になって意外な事実が明かにされつつある。以下は、中井義幸論文「軍医森鴎外再考」と「軍医森鴎外再考（続稿）」を参照し、なぜ鴎外が先に陸軍に入省していた同級生をさしおいてドイツに留学できたのか、なぜ上層部の指示した留学内容と異なる独自の課程を選んだのかについて書く。

エリーゼを日本に招いた遠因は、ここにあると考えている。

ドイツ留学の謎

東京大学医学部をトップで卒業し、文部省の派遣留学生としてドイツに留学し、医学部の教授に迎えられるコースを鴎外は望んでいた。しかし、卒業時の席次は八番であり、この願いを実現することはできなかった。その理由として、鴎外が年齢を偽って入学し卒業時に一九歳六カ月であったこと、卒業試験直前に下宿の火事でノート類を消失したこと、外国人教師に睨まれたこと、などさまざまな理由が書かれている。年齢を考えると、八番の席次でも立派だと思われるが、その挫折感からか卒業後しばらく、千住で父の医業を手伝うことになる。

一八八一年七月二〇日、東大医学部を卒業したが、陸軍省に入ったのは、一二月一六日のことであった。東大医学部の同級生で陸軍省給費生であった伊部彝《つね》（席次四番、二五年七カ月）、小池正直（九番、二六年七カ月）、菊池常三郎（一七番、二六年一カ月）、谷口譲《ゆずる》（二〇番、二五年八カ月）、賀古鶴所（二一番、二五年五カ月）、江口襄《のぼる》（二六番、二七年五カ月）らは、卒業と同時に陸軍に入省する。彼らの年齢に比べて、鴎外の年齢は六～七歳若いことに驚かされる。

五カ月前に入省した陸軍省給費生をさしおいて、鴎外は一八八四年八月二四日横浜港を出港しドイツ留学に出発した。序列を重んじる組織においては異例の抜擢といえる。年齢的には最若輩、席次でも四番の伊部がおり、入省も五カ月遅れの鴎外がなぜ最初に留学することになったのかは大きな謎であった。

その謎に解答を与えるのが、中井義幸の「軍医森鴎外再考」である。中井は、鴎外の陸軍入省の経緯は、これまで信じられてきた「陸軍委託生小池正直→軍医本部次長石黒忠悳」のラインではなく、「参謀本部御用掛西周→軍医本部長林紀軍医総監」のラインであることを、諸資料から立証している。鴎外の就職は、一八八一年の九月一六日以前に林軍医監から陸軍省総務部に上申されていたが、その決定の遅さについて西が林に問い合わせた書簡から明かになった。林紀軍医総監の推薦という華麗な西周の閨閥の一員としての入省は、半年後には陸軍給費生だった小池正直ら七名をさしおき、抜擢されて軍医本部入りしていることに表れている。この抜擢により、鴎外は将来の陸軍軍医局を背負う人材と位置づけられた。

一八八二年八月、林紀軍医総監はパリに客死する。三九歳であった。この時、軍医本部内で

「鴎外を将来の総監」として推し、鴎外の留学に尽力したのが、石黒忠悳次長であった。この中井義幸論文により、鴎外が抜擢されて留学できた謎は判明した。

留学内容をめぐる軋轢

一八八二年五月、抜擢された鴎外が陸軍軍医本部入りして三カ月後の林紀軍医総監の急逝は、鴎外のその後の進路に大きな影響を与えた。軍医総監林紀第二代本部長の後は、松本順初代軍医本部長が継ぎ、第三代軍医本部長に就任したが、代打ともいえる人事であった。中井義幸論文によると、一八八三年、橋本綱常軍医監の軍医本部長就任は決定的になった。五年後の憲法体制発足に向けて欧米に派遣される大山陸軍卿率いる大調査団の一員として、軍医部から橋本が加わることが内定し、帰国後の軍医本部長就任が決定的となった。このことが、鴎外の留学目的と衝突を生ずることになった。

四年間のドイツ留学中、鴎外と陸軍上層部との間に軋轢があり、鴎外は上層部の命令を無視した行動をとったといわれている。「軍医森鴎外再考」では次のように述べている。

橋本の欧州派遣は石黒にとっても黙ってみているべき事態ではなかったのみならず、鴎外にとっても容認しがたい事態であった。ここまで彼が文献調査をしてきた「普国陸軍衛生制度取調」は、橋本が実地に欧州へ行って行うことになったのだ。彼が営々書き上げた『医政全書稿本』十二巻は徒労となったのである。

橋本と鴎外の最初の衝突はここで起こった。鴎外が、橋本の自宅へ出かけて行き、自分を欧州に随行することを申し入れたのである。

「普国陸軍衛生制度取調」は、一八七七年に橋本自身がヨーロッパで着手し、西南戦争勃発のため中断して帰国した仕事であった。ところが、林軍医総監は、同じ任務を若い鴎外に命じ、基礎文献調査からやり直させていた。林軍医総監の急死により、この仕事を果たすために橋本は渡欧して続行することになった。鴎外は、この調査に参加させて欲しいと申し入れたが、橋本は却下してしまう。鴎外は、陸軍衛生制度の全体構想を自分の手でなしとげたいと熱望していた。

石黒忠悳は、鴎外の留学のために尽力したが、橋本が「普国陸軍衛生制度取調」を自身の手で再着手完成させることになったため、新に自分自身が関心をもっていた新しい課題を鴎外に課した。中井によれば、石黒は自分自身が軍医総監になるための方策として、脚気研究を鴎外に行わせようと企てた。

石黒はここに至って、鴎外を自分の脚気研究の戦力として使うことを企てたのだ。兵士の間の脚気の蔓延は、当時の軍隊の戦力を著しく殺いでいた国家的重大問題で、陸軍軍医部のみで解決しうる事柄ではなく、東大医学部、内務省衛生局の連合勢力を結集して行わねばならない大作戦であったが、石黒は明治初年以来長年にわたって、三者を連携してきた脚気作戦の中心人物だった。これを見事解決して勝利を博した暁には、軍医総監の席はおのずと自分のものとなると彼は見込んでいたのである。

この脚気問題では、陸軍の主張する「脚気環境原因説（病原菌説）」と高木兼寛ら海軍の主張する「脚気栄養失調説」の対立があった。後年の論争のなかで、鴎外が陸軍側の理論的な支柱となり、激しく海軍側を攻撃し、陸軍軍医森林太郎の名前を汚すものとなる。

鴎外は、目的とする「陸軍医務取調」のために留学できたと思いこんでいたが、ベルリン到着の翌朝橋本に呼び出され、留学目的は「陸軍医務取調」ではなく、「衛生学履修」であることを告げられる。橋本の言葉は、鴎外には寝耳に水の話であった。鴎外は、橋本が不当な命令を下したと考えて、石黒忠悳にその不当性を訴える手紙を書いているが、その黒幕は実は石黒であった。

このように、鴎外は意気込んでいた「留学目的」を変更させられてしまった。システム全体の構想について調べようと考えていたのに、その中の一科目にすぎない「衛生学」履修を命じられた。これを不満としてか、橋本の命令を忠実に履行しない留学中の鴎外の行動に対し、橋本綱常軍医総監は不快の念を押さえることができなかった。橋本が鴎外に再三「隊付勤務」を命じたことはよく知られている。

4　舞姫事件

エリーゼ来日の謎

一八八八年一〇月六日から八日の「石黒忠悳日記」の謎から出発し、ほぼ「エリーゼ来日事件」の全容を明かにすることができたと考えている。しかし、最後に残されているのは、なぜ鴎外がエリーゼを来日させせたのかという最大の謎である。結果的に破綻したことでも明かな無謀な行為に、なぜ鴎外は踏み切ったのであろうか。

その謎を解く鍵は、次の三つであると考えている。一つは、西周に対して、明確に登志子との結婚を断ることができなかったこと。もう一つは、エリーゼ来日により、西周に事実による婚約拒否の意思表示をしようとしたこと。さらに大切なことは、エリーゼが魅力的な女性であり、鴎外が伴侶として相応しいと考えていたこと。

さらにいえば、それ以前に鴎外の結婚観の変化があると考えていい。相手の顔もわからず、家柄の釣り合いなどで決められる「家同士の結婚」に、鴎外は疑問を抱いたのではないか。エリーゼとの交際から、この人と結婚したいという感情をもつようになったとしても不思議ではない。

明確に意思表示できない「弱い心」は、「舞姫」の主題の一つにもなっている。鴎外はエリーゼ来日事件を通じて、己の「弱い心」を自覚する。それは、西周の縁談について、婉曲な拒否を示すことしかできなかった自分自身の「弱い心」であったと考える。その原因は、幼少時進文学社に学んだとき寄宿させて貰った恩義にある。さらに大きな負い目は、西周と林紀のラインで陸軍省に入省しているうえ、ドイツ留学の実現にも西周の影があった。その恩人が好意をもって薦めてくれている赤松登志子との婚約は、当時の風習からみて非の打ち所もないものであった。この大恩人に対し、ドイツから直接明快に拒絶の書簡を出すことはためらわれたことであろう。拒否の手紙を書くとなると、「家同士の結婚」を否定する理由を書かなければならない。オランダ留学の経験がある西周と文明論争をしなければならない。このような理由から、小金井喜美子の「次ぎの兄」にあるように、鴎外も森家も、お互いに責任をなすりつける形で婉曲な拒否を続けたものと考える。

鴎外の帰国後の啓蒙活動には目を瞠るものがあり、戦闘的といってもよい。その主張は西洋合理主義の上に立っていた。結婚についても、自分の理想を自分自身が示してもいいと思っていたのではないか。少なくとも、親が決める「家同士の結婚」には嫌悪感をもっていたと考えてよい。

しかし、留学中の鴎外は、西周からは執拗に、華麗な閨閥を誇る「家同士の結婚」を薦められ、拒否することもできないままに日を送っていた。

その結果思いついたのが、エリーゼを日本に招くことであったと思われる。西周に、エリーゼの来日を報せる（見せる）ことにより、「家同士の結婚」にピリオドを打つことができる。しかも、愛しているエリーゼと結婚でき、自分自身が今後主張してゆこうと思っている啓蒙思想にも合致していると考えたのではないか。

エリーゼと綿密な打合せをして日本に招いていること、森家一族がエリーゼの来日を知るや否や強硬な「帰国談判」を開始していることからみて、エリーゼとの結婚を前提としない限り、エリーゼ来日の事実は理解できない。西周の熱心な結婚話に対し、直接話法の拒絶回答をする代わりに、エリーゼ来日による間接的拒否回答をしようとしたと考えると、エリーゼ来日の謎は解けるのではないか。

陸軍武官結婚条例

エリーゼが来日しても直ちに結婚できないことは、鴎外も知っていたことと思う。「陸軍武官結婚条例」の存在である。日本人同士の結婚でも、「陸軍卿ノ許可ヲ受クヘシ」の規定が適用される。ましてや、ドイツ人との結婚はむずかしい。

エリーゼとの結婚は、時間をかけて実現するしか方法はない。鴎外とエリーゼは、この点についても十分打合せを行っていたことだろう。

「次ぎの兄」から鴎外が帰国した日に両親に語ったと思われる言葉を抽出する。

エリーゼは、普通の関係の女だけれど、自分はそんな人を扱う事は不得手なので、「日本に往く」というのをとめることができなかった。彼女は、手芸が上手なので、日本で（当分の間）自活して（結婚できる時期を待って）見る気でいた。（結婚できるかどうかわからないのだから、日本へ往っても無駄だというと）「お世話にならなければいいでしょう」という。「手先が器用なぐらいでどうしてやれるものか」というと、「まあ考えてみましょう」といって（ベルリンで）別れた。

原文では（　）の中は書かれていない。これまで見てきたことから（　）内を付け加えてみると、実に明快である。この文章は、自活することをエリーゼが明言していたことを示しており、「金目当て」の来日ではないことがわかる。しかも、「手芸が上手」なのでとあり、手芸で自活しようと考えていた。喜美子の文章は、鴎外の名誉を守る側面が強いので、全面的には信じられない。しかし、「手先が器用なぐらいでどうしてやれるものか」というような表現は、鴎外がいわない限り書くことはできない。「手芸が上手」と「自活」は結びつくものであり、（　）内の注釈は自然な流れと考えられる。しかも、この文章で見るかぎり、来日を積極的に言いだしたのはエリーゼであり、鴎外はそれを受け容れた形になっている。

鴎外とエリーゼはベルリンで、来日後のことを相談し、エリーゼは手芸によって自活しながら、結婚の日を待つという方法で合意していたと考えてよいのではないか。「自活して」という部分がとくに重要だと考えられる。直ちに結婚できるとすれば、「自活」する必要はないのであり、結婚までに時間がかかることを想定している言いまわしである。「手先の器用さ」を生かしてと具体的な方法にまで言及しており、鴎外とエリーゼはベルリンで自活の方法まで相談していたものと考えるべきであろう。

賀古鶴所宛鴎外書簡

第二章で、一〇月一四日付賀古鶴所宛鴎外書簡について触れた。書簡の前半部分は、エリーゼ帰国に関する日程変更の問題として理解できることを明示した。ここでは、その後半部分、とくに「其源の清からざる事ゆえどちらにも満足致候様には収まり難く」について述べる。

前項で述べたように、鴎外はエリーゼの来日によって、西周から薦められていた赤松登志子との縁談を断ることができると考えていた。それに対し、エリーゼは純粋に鴎外と添い遂げることができると信じて来日したことだろう。もちろん、鴎外もエリーゼを愛していたにはちがいないが、二人の純粋さの程度において違いがあったことは考えられよう。

鴎外が、長男の森於菟の留学について述べたことが、「父の映像」の中にある。

私がずっと後に結婚し子をもうけてから留学する事になると父は「お前のようになってから行くのでは面白い事もないなあ」といって微笑していた。昔の夢の影がちらと蘇ったのであろう。また父の知人が洋行して英国の婦人と結婚して帰って来た事がある。その夫は丈が低く色も黒くあまり風采が揚がらぬ方であったのに婦人が非常に美人であったので夫婦連で父の宅を訪ねた時、家の者がどうしてあんな美しい人が日本まで来る気になったかと不思議がるのを、父は「なにあっちの女は男が親切だと思うとどこまでもついてくる。風采などかまわぬよ」といった。

この文章から、鴎外の欧米の女性観がうかがえる。風采より何より、「親切」なことが大切であるという。この場合の「親切」は明治文人の表現であり、現在の「愛情」を表していると解釈することもできよう。おそらく自己の体験から出た言葉であり、エリーゼは鴎外の「親切」を信じて来日したのかも知れない。前項の「次ぎの兄」の言いまわしのなかで、エリーゼの方が積極的だったことと符合する内容でもある。

賀古鶴所は、エリーゼの来日について、「純粋の愛情からではなく、登志子の縁談話の盾として来日させた」と、鴎外の話を受け取っていたことと思われる。その理由は、いずれ結婚するつもりだが、しばらく自活してもらい様子を見るという話と同時に、西周の薦める結婚話についても述べたと思われるからである。

賀古鶴所は、エリーゼの純粋な気持ちと鴎外の打算を含んだ愛情の双方を知っていたので、「其源の清からざる事」と鴎外の気持ちの不純さを指摘したものと思われる。その指摘に対し、「どちらにも満足致候様には収まり難く」と自分の不純さを素直に認め、しかし事ここに至っては、結論は決まっている。「其間軽重する所は明白にて人に議る迠も無御坐候」と横浜港での見送りの決断を優先させることを明言している。

エリーゼ帰国三日前に書かれた賀古鶴所宛鴎外書簡は、これまでの研究ではほとんどの研究者が決別宣言であると理解しており、それを疑問視する研究者はごく一部の例外的存在だった。「三日間の謎」から出発し、「軍医辞表提出」によって鴎外がエリーゼへの誠意を示したと考え、さらに鴎外がエリーゼの怒りに触れて彼女の愛情を登志子との縁談のために利用したことを恥じたと考えると、賀古鶴所宛書簡は矛盾なく解釈できる。

登志子との結婚と離婚

登志子との結婚を薦める西周の話を嫌い、鴎外はエリーゼとの結婚を考えていたとわれわれは考えている。その直接証拠はないものの、「石黒日記」、「小金井日記」、「西周日記」の記載に矛盾しないだけではなく、それぞれの記載を強化できる仮説であることを示すことができた。小金井喜美子の「次ぎの兄」の虚飾を解明したうえに、エリーゼが「少しの憂いも見せず」に帰国したことも説明できた。「陸軍軍医辞表提出」という補助線から、これまで不可解であった事象をすべて解明できたと考えている。

そのような結論からすれば、登志子との結婚はうまく行くはずはない。登志子との結婚と離婚については、多くの論者によってすでに論じつくされているが、エリーゼの影を指摘する論者は少ない。

鴎外が嫌がっていた西家と森家の路線に乗らざるをえなかったことは、鴎外を苦しめたことであろう。この路線に乗ったとき、一生我慢を続けて添いとげるか、直ぐに離婚するかの二者択一しかなかったことだろう。一生我慢することは不可能ではないが、直ぐに離婚することはきわめて難しい問題だったと考える。登志子の後ろ盾となっている西周を始めとする閨閥は、鴎外の出世にとって重要であり、それを断ち切る必要があった。鴎外の出世を望み、閨閥の重みを知っている森家を説得する必要もあったろう。また、石黒を始めとする上司を敵に回すおそれもあった。

登志子との結婚は、一八八九年二月二四日のことであった。『鴎外全集』(岩波書店)の年譜には、三月九日と記されているが、「西周日記」の解読により二月二四日が正しい(「自紀材料」とも一致)ようである。離婚は、一八九〇年一〇月、鴎外が弟二人と家出する形で行われた。登志子との結婚生活は、わずか一年八カ月の短いものであり、九月に長男於菟が生まれていることを考えると、悲劇的な結末といわざるをえない。

於菟が祖母峰子から聞いたというつぎの言葉は悲劇の真相を語っている（「父の映像」）。

私はまたある時祖母が私にいうのを聞いた。「あの時私達は気強く女（エリーゼ）を帰らせお前の母（登志子）を娶らせたが父（鴎外）の気に入らず離縁になった。お前を母のない子にした責任は私達にある」と。

鴎外が新婚後にもかかわらず、友人を呼び寄せ夜明けまで議論をしたり、執筆をして夜二〜三時間しか眠らないという異様な生活態度であったことはよく知られている。

幸田露伴は、当時のことを次のように話している（小林勇『蝸牛庵訪問記』）。

最初の細君は、森が外国で作った女が追いかけてきたりしたので、ヒステリーになってしまい、それを森のおっ母さんだか、森だかが嫌って追い出してしまったのだが、それにもわたしなどを道具につかったような気もする。なにしろ森の家へ行くと、夜十二時になっても、一時になっても、お母さんと一緒にひきとめてはなさない。それで自然と細君とは親しめないようになるからね。その細君は赤松という浦賀のドックの何かをしていた人の娘だ。この赤松とわたしと後年知り合いになってこんなことも知ったわけだ。

東大の恩師や、陸軍の上司を攻撃したために、鴎外が『東京医事新誌』主筆の座を追われる事件もあった。「舞姫」では、登志子が気にかけていたドイツ人女性をヒロインとして書いている。鴎外のこれら一連の行動は、離婚を視野において行われたと考えると納得がゆく。もし、この仮説が正しいとすると、鴎外は結婚して間もなく離婚の決意を固めたのではないかと想像される。

5 「舞姫事件」当時の異常な言動

異常な著作活動

図4に、鴎外の生涯にわたる年間著作点数の変遷を示す。資料としたのは、岩波書店刊行の『鴎外全集』第三八巻（一九九〇年版）に示されている著作年表である。著作年表として掲載されている内容は鴎外の専門とした医事・軍事をはじめ、小説・戯曲、詩・歌、年譜・考証、審美論、評論・随筆、日記、書簡、手記、雑纂など多岐にわたっている。この年表に記載されている著作

題目を一点と数えて著作点数の変遷を図に表した。したがって、同じ一点でも、数行しか書かれていないものも、大部の小説も一点と数えた結果であり、必ずしも鴎外の著作活動を正確に反映しているものではない。

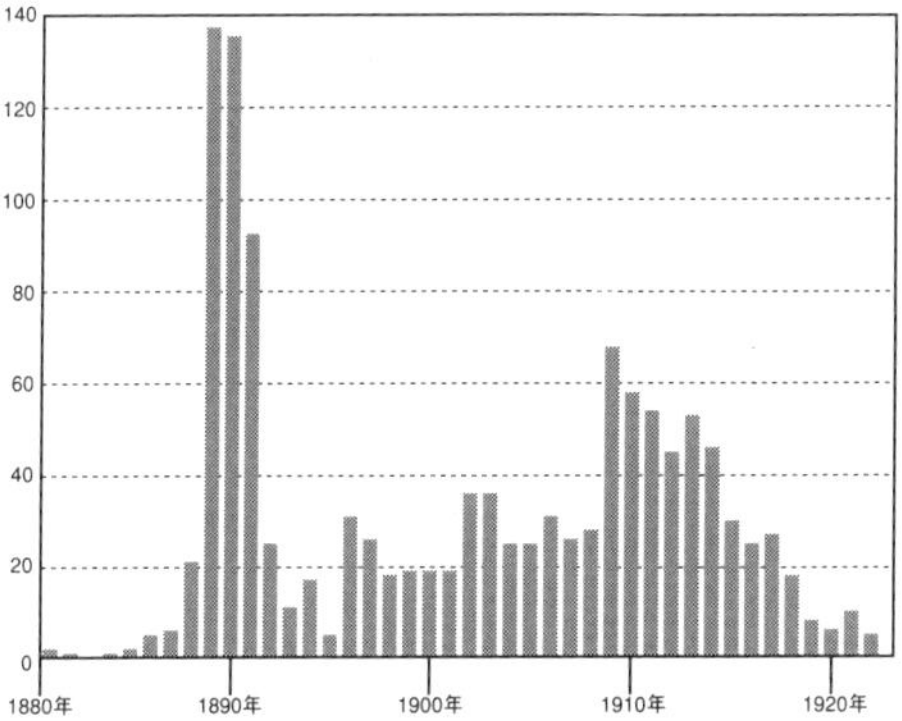

図4　鴎外著作点数の経年変化（1881年〜1922年）

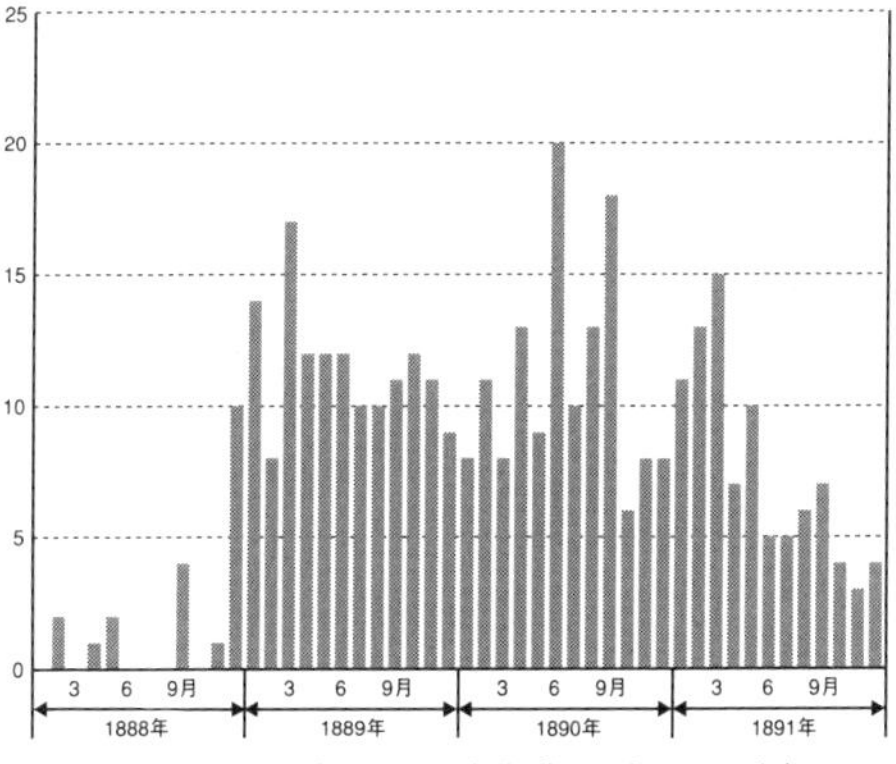

図5　鴎外著作点数の経月変化（1888年〜1991年）

図から、一八八九年から一八九一年の三年間と一九〇九年から一九一四年にかけての六年間に二つのピークがあることがわかる。また、著作点数が極端に少ない一八九五年は日清戦争の時期に該当する。この図を分析することにも興味はあるが、ここでは、舞姫事件期に異常といえる著作点数があったことにだけ注目したい。

登志子と結婚した一八八九年には一三八点、「舞姫」を発表した一八九〇年には一三六点の著作点数があり、登志子と離婚した一八九一年には九三点の著作点数があった。この時期は、医事・軍事にかかわる題目が多く、生涯を通じての著作点数との比較はできないとしても、異常な著述活動が行われていたことは否定できない。この時期は、まさに「舞姫事件」の時期と重なっていることを指摘しておきたい。

登志子と離婚した翌年の一八九二年には著作点数は二五点と激減している。この事実から、この異常な執筆活動は、「舞姫事件」を反映しているものと推測せざるをえない。

図5には、一八八八年から一八九一年にかけての月別著作点数の変遷を示した。ここにも興味深い現象が見られる。鴎外が帰国した一八八八年九月から報告書その他の執筆活動が始まっていても不思議ではない。ところが、エリーゼ来日事件の最中、とくに陸軍軍医辞表提出事件があったと目される一〇月に著作点数はまったく見られない。翌一一月にも「脚気病原の検索」の一点があるだけである。

この事実は、九月一二日のエリーゼ来日、一〇月一七日のエリーゼ離日、一一月一九日の登志子との婚約という一連の事件と対応していると考えることができる。「軍医辞表提出」を含む一連の事件とそれによって受けた心の傷を前提とすれば、この時期に執筆活動を行う精神的な余裕はなかったものと考えてよい。裏返せば、「軍医辞表提出説」を含む「舞姫事件」の推論の正しさを証拠づける現象ともいえよう。

著作活動を再開した一二月以降、鴎外は「エリーゼ来日事件」の打撃から立ち直ったことが図から読み取れる。一八八九年二月にやや点数が低下しているのは、この二月二四日に登志子と結婚したためであろうか。細かく点検すればよいのであろうが、ここではエリーゼが離日した一八八八年一〇月から、登志子との事実上の離婚が行われた一八九一年九月まで異常な執筆点数があることだけを指摘しておきたい。しかし、この異常な執筆点数は、当時の睡眠時間が二時間から三時間といわれた生活から生みだされている。新妻の登志子に対する思い遣りの感じられない異常な生活態度を示すものではなかろうか。

『東京医事新誌』主筆罷免事件

一八八九年一月から鴎外は『東京医事新誌』の主筆となり、「緒論」欄を設け、毎号健筆を振るっていた。前項で示した一八八九年の著作点数の多くは『東京医事新誌』に掲載されている。

一月から一一月までに掲載した点数は、六〇点にのぼっている。しかし、一一月、鴎外は『東京医事新誌』の主筆の座を追われ、それに対抗するために一二月、自ら『医事新論』を創刊する。

その原因は、『東京医事新誌』一〇月号に掲載した「日本医学会論」で、「第一回日本医学会」について激しい批判を加えたためである。「日本医学会」と称しているが、「乙酉会」なる民間団体が主催するもので、講演を中心とする知識の交換会であり、学会の体をなしていないと批判した。要するに、学術の進歩のための組織ではなく、親睦団体にすぎないのではないかという痛烈なものであった。しかし、「乙酉会」とは、一八八五年に創立され、第四代陸軍軍医本部長橋本綱常、陸軍軍医本部次長石黒忠悳、東京陸軍病院長をつとめ第三代順天堂主になった佐藤進、東京大学医学部長の三宅秀など医学界、陸軍軍医界の錚々たる指導者が名を連ねる民間団体であって、中心になっていたのは石黒忠悳であった。この記事により、一一月には鴎外は主筆を罷免されてしまった。

ドイツでの医学会を見てきた鴎外の目から見ると、日本医学会は学会にはほど遠いものと映ったにちがいない。しかし、この批判は純粋に、医学会の進歩のためだけになされたかどうかには疑問が残る。罷免と同時に、同類の『医事新論』を創刊して、あくまで戦う姿勢を見せ、挑発的な姿勢をとり続けているからである。曰く、「(松本良順翁は余の隻語も聞かず局の某が訴ふる所に依て余を譴責したれども) 余は古君子に非ずと雖も、亦悪声を出さむことを屑とせざるものなり」などと、陸軍軍医部の創立者である松本順の名前を挙げ、陸軍省医務局長石黒忠悳を暗に非難したのはなぜなのか。医学会の改革だけに留まらず、個人名を挙げての批判である。鴎外自身にとってマイナスになることを敢えて行い、自らを追い込んでいるように見える。「日本医学会論」は九月に執筆されており、「舞姫」はその直後に執筆されて、翌年一月に発表されている。これらは、いずれも赤松登志子との離婚を前提にして考えると、その準備作業であった可能性が高い。「日本医学会論」では、どんな圧力にも屈しないぞという姿勢を、医学会の長老たちに示す目的があったように思える。ドイツ人女性に強い嫉妬を感じていた登志子に、舞姫「エリス」の物語をつきつけ、離婚を暗示させる筋書きとなっている。また、「舞姫」のなかに、石黒忠悳がモデルと思われる「官長」を登場させ、その弱点を暴露することにより対決する姿勢を暗に示している。

鷗外は離婚をするために、離婚を阻む強力な閨閥や西周と峰子の森一族、そのほか石黒忠悳などの軍医上層部に対して布石を打たなければならなかった。この推理が正しいとすれば、鷗外は結婚して七カ月目にして離婚を決意したことになる。しかし、於菟の誕生が翌年九月であることを考えると、そこまで強い決意であったのかは疑わしいところも残る。

離婚騒動

鷗外と登志子との離婚は、理解に苦しむ経過をたどっている。鷗外の「自紀材料」には、登志子との結婚を二月二四日「赤松氏を納る」とだけ記している。一八九〇年「九月十三日於菟生まる」と於菟の誕生の事実だけは記しているが、その直後の離婚については記していない。「舞姫事件」終末時での鴎外の異常な精神状態を紹介しておきたい。

出産直前の妻をよそに、八月一七日から一一日間、鴎外は信州山田温泉に滞在している。「西周日記」によれば、九月一四日に鴎外から男子出生の知らせが届いている。同月二五日、西周の妻升子は鴎外宅へお産のお祝いの産着を届けた。ところが、一〇月になって急速に破局へ向かう。一〇月四日、西夫人升子が婦人衛生会へ行くと、赤松夫人貞が来ていて、鴎外の話をした。その翌日の五日の「西周日記」にはつぎのように記されている。

森林太郎へ昨日赤松令夫人の話に付、枉車を望むの書を郵送す。…（略）… 午後下谷花園町十一番地より、赤松令夫人の手翰を得たり。林太郎は細君を遺し置き挙家皆駒込に移れりと。於此て升子は午餐後直に花園町に至り赤松令夫人に逢ふ。時に森林太郎の母と赤児男子引取の談判中なる由。升子は三時に帰宅せり。

赤松夫人の緊急事態を告げる話を聞き、鴎外に無理にでも来訪して欲しいとの手紙を郵送したところ、正午に赤松夫人が鴎外宅から出した手紙が届いた。それによると、鴎外は妻の登志子を家に残して、弟を連れて駒込に移転してしまったという。西はその後に「一奇事」と注記した。驚いたのであろう。

そこで升子は昼食後、直ちに鴎外宅へ駆けつけると、赤松夫人と鴎外の母峰子とが乳児の引き取りについて「談判」していた。升子の帰宅は三時というので、この談判の決着は早かったのだろう。その翌日の六日に鴎外は登志子のことで来宅したのであるから、西に説得される前に別居し、事後説明のために西邸を訪れたということになる。

一〇月七日、赤松夫人が西の留守中に来宅して、「悶着一件」を石黒忠悳に話してくれとの依頼があった。陸軍省医務局長石黒軍医総監を最後の頼みの綱としたのである。午後になって西が石黒に手紙を出すと、石黒から九日に来宅するとの返答が届いた。

一〇月九日、四時ころ赤松夫人が来訪して石黒の来るのを待った。六時ころになって石黒総監が訪れて話は八時ころまで続いた。結局この話は、石黒の「軍医の関係もあれば縁談の方姑く延引と定め、何れ如何とも再び申し越すまで姑く延引すべしとの事」との意向で、当分の間そっとしておくことになった。医務局長の石黒としては、赤松・森両家の間の悶着よりも、「軍医の関係」のほうが重要だった。赤松家と西家は、石黒に調停を一任して静観していたが、事態の好転はみられなかった。

一一月一四日の夕方、石黒忠悳が西邸を訪れて「猶森の方を手を廻して試問する由」を伝えた。二一日になって、赤松則良海軍中将がじきじきに西邸を訪れ、「離縁を請求する」と語った。赤松が佐世保鎮守府からわざわざ上京して決着をつけたのである。
翌二二日の「西周日記」にはつぎのように記されている。

石黒忠徳君へ一書を裁す。午後三時頃石黒君自ら来る。遂に赤松の決断を話し、且彼方左右も十分ならざるを以て離婚の事に決し、明日手紙を林太郎に贈らんと約す。

この文章は西邸を訪ねた石黒に西が赤松家は断念したことを伝えている。離婚の理由としては「彼方左右も十分ならざるを以て」と書かれている。周囲から見て、理解不能な鴎外の状況を示している記述であると思う。

驚いたことに、離婚を正式に表明しないで、「林太郎は細君を遺し置き挙家皆駒込に移れり」とあるように、登志子を置き去りにして弟二人を連れて駒込に引っ越してしまっている。さらに、生まれたばかりの於菟の引取について、赤松夫人貞と鴎外母峰子が談判している。その後の石黒忠悳の説得も無視し続けている。鴎外の不退転の離婚決意を読み取ることができる。

この時点で、二つのことに留意しておきたい。

鴎外と森家、とくに峰子は一体となって離婚を進めている。鴎外の出世のためには赤松家の閨閥は欠かすことができないものと思われる。この時点でこの閨閥の庇護を諦めたことは、鴎外の出世より鴎外の健康を重視する姿勢に峰子は路線を転換したものと思われる。

もう一つは、石黒忠悳陸軍軍医局長の圧力が効果を発揮できなかったことである。それまでの鴎外の戦闘的言動により、鴎外が陸軍を辞職してもよいという覚悟を石黒も知っていたためと思われる。鴎外の辞職により、海軍と対立していた脚気論争の理論的支柱を失うことを石黒は恐れていたのだろう。離婚を視野に置いた鴎外の戦闘的言動が効果を上げた結果であると思われる。

一八八八年九月「エリーゼ来日」から一八九一年一〇月「登志子との離婚」の満三年間は、鴎外にとって極度の緊張を強いられていた期間であったことが推測される。それは、先に示した著作点数の変遷からも推測される。新婚の登志子がいるのに、二時間から三時間という睡眠しか取らず、戦闘的言動をあえて行っていた。登志子との離婚により「舞姫事件」は終止符が打たれた。翌一八九二年の著作点数の激減ぶりを見るとき、鴎外がその緊張から解放されたことが読み取れる。図から読みとることができる異常な状況は、「舞姫事件」によって引き起こされたと考えざるをえない。

6　「エリーゼ＝賤女」説

二〇〇五年二月二三日の朝日新聞夕刊一九面に目を疑うような見出しが躍っていた。「『舞姫』モデルの消息記す」という大見出しの脇に、「鴎外同窓生の手紙を発見」とあった。山﨑國紀花園大名誉教授（日本近代文学）執筆の記事により、一一六年ぶりにエリーゼ・ヴァイゲルトに係わる興味深い書簡が見つかったとの内容である。帰独したエリーゼの消されていた消息が、一つの書簡で蘇ったとの書き出しである。

鷗外と東大医学部での同級生小池正直が、一八八九年四月一六日付けで、上司石黒忠悳軍医監宛にドイツから送った手紙が発見された。それを高橋陽一氏（山田赤十字病院長）が取りあげ、エッセイにまとめ、山﨑國紀に送った。このエッセイについて山﨑は次のように論評している。

まず注目されるのは、書簡の日付である。エリーゼが帰独の途についたのは明治21年10月17日。つまり書簡は、その半年後のベルリンにおけるエリーゼの消息を伝えるものであるということである。鷗外に係わる所だけを抜いてみよう。

「兼而小生ヨリヤカマシク申遣候伯林賤女之一件ハ能ク吾言ヲ容レ今回愈手切ニ被致度候是ニテ一安心御座候（略）別紙森へノ書ハ御一読之上御貼附被下同人へ御転送被下候様希上候同人ト争フ気ハ少モ無之候得とも天狗之鼻ヲ折々挫キ（以下略）」

小池は、鷗外がまだ滞在中の21年4月にドイツに留学、5月に2人はベルリンで会っている（鷗外著「隊務日記」）。以後鷗外は9月に帰国、小池は23年10月まで、ドイツに滞在した。この手紙にある「伯林賤女」とは、客観状況からしてエリーゼ以外は考えにくい。

この書簡で初めて分かったのは、エリーゼは不満を持ったまま帰独したことである。文面はこう読める。「今回、彼女は私の言葉をよく受け入れてくれたので、いよいよ手切れになると存じます。これでひと安心です」。「手切」とは手切れ金で決着を見たということであろうか。

後年、鴎外を抜いて陸軍軍医総監になった小池に対し鴎外は、種々のことも加えて不信感を持つようになる。その小池が鴎外の「恋人」の後始末をしていたという事実に人間関係の妙を感じてしまう。書簡を読むと、小池は書簡に、鴎外の「天狗之鼻」をくじく苦言を書いた別紙を、石黒も読めるように封をせず入れていたこともわかる。エリーゼの不満に交き合わされた小池は日頃の鴎外の「天狗」を思い憤激したようである。

この山﨑の論評に出て来るエリーゼ像とわれわれの得たエリーゼ像とでは大きなちがいがある。まず、山﨑のエリーゼは「金銭目当てで来日し」、その処理をベルリンに持ち越したとされている。われわれは「金銭ではなく結婚を目的として」来日したと考えている。第二に、われわれはエリーゼの帰国に際して賀古鶴所が尽力したと推論している。それに対し、小池正直はエリーゼの帰国時にまったく無関係であったのに、ベルリンで突然「手切金処理を行っている」という。さらに、「兼而小生ヨリヤカマシク申遣候」という文言は、鴎外に小池が直接手を切るようにとヤカマシク云っていたと解釈され、エリーゼ帰国時から小池が鴎外に意見していたことになる。

高橋陽一氏エッセイにある小池正直書簡の原文を見ると次のようになっている。

益御健勝奉賀上候軍医雑誌ハ正ニロッツベッギ君へ相渡申候去十一日菊池軍医当地へ参り拙寓ニ一泊翌日チュービンゲンへ帰り申候○当地留学生中帰朝ノ者ヤラ転学ノ者又目下休業中ニ付他ヨリ遊ニ参シ者モ有之日々押掛ラレ候テハ当惑ニ御座候橋本春君モ烏城ヨリ被参十四五日間逗留之積ニ御座候兼而小生ヨリヤカマシク申遣候伯林賤女之一件ハ能ク吾言ヲ容レ今回愈手切ニ被致度候是ニテ一安心御座候右ニ就テハ近日総監閣下へ一書可さし出候○別紙森へノ書ハ御一読之上御貼附被下同人へ御転送被下候様希上候同人ト争フ気ハ少モ無之候得とも天狗之鼻ヲ折々挫キ不申候而ハ増長候赦之恐も有之朋友責《ママ》善之道ニも有之候ニ付斯ク認候者ニ御座候不悪思召可被成下候尚後日細報可仕儀草々如此御座候也

廿二年四月十六日

小池正直

石黒公閣下

この書簡の特徴は、段落を「○」で区切っているところにある。書簡は、明かに三段落からなっている。第一段落は、ロッツベッギ氏と菊池軍医の話題である。第二段落は、橋本春について書いてある。第三段落は、「別紙」から始まる森林太郎についての文章である。山﨑評論（高橋氏エッセイ）は、（略）を間に挟んで第二段落と第三段落を結びつけて考察している。

第二段落は、橋本綱常軍医総監の子息春規について述べているのであり、「賤女」は春規と関係する女性と考えなければならないだろう。「右ニ就テハ近日総監閣下へ一書可さし出候」と結んでいることでもそれは明かである。恐らく、父親である橋本軍医総監も心配していた事態であり、小池は橋本軍医総監にも近日中に手紙を出して報告するとこの段落を結んでいる。春規に関することであれば「兼而小生ヨリヤカマシク申遣候」と、小池が春規にヤカマシク意見をしていたことになり、文脈の矛盾も生じない。鴎外と「賤女」とは無関係と考えねばならない。

さらに、この時期には賀古鶴所がベルリンに留学中であり、金銭処理をするとすれば、彼が当たるものと思われ、小池正直が処理に当たるのは不自然である。

評論でもう一つ問題なのは、エリーゼを「エリーゼ・ヴァイゲルト」と書いていることである。高橋陽一氏の原文は「エリーゼ・ヴィーゲルト」としているので、この表記には山崎の判断が入っているものと考えられる。記事だけではどのような根拠があるのかわからないが、われわれは船客名簿にある「エリーゼ・ヴィーゲルト」が正しい氏名であると考えている。

以上の評論からみると、「永遠の恋人」説に立つ山﨑國紀ではあるが、なれそめの頃のエリーゼは「賤女」であり、やがて「人材を知りての恋」に変わったという、これまでの立論に立っていることがわかる。これは、基本的には「次ぎの兄」の記述に立つものであると考える。

この評論の鴎外に関する論旨の誤りは明かであるが、図らずも「エリーゼ来日事件」研究の現状を示す結果となっている。

7 「舞姫事件」から浮かぶエリーゼ像

これまで不明であったエリーゼの像は、「舞姫事件」を究明することを通じて明らかにすることができたと考えている。このエリーゼ像は、「三日間の謎」を補助線として追求した結果と、鷗外が後年になってエリーゼについて書いたと思われる種々の作品から得られたものである。

第一に、従来定説となっていた「鷗外を追っての来日」ではなく、鷗外とエリーゼはベルリンで渡航日程を含め、将来について綿密な打合せを行って来日したと考えるべきである。その事実は、ブレーメンハーフェンからの出港を知らせた石黒日記に記載されたエリーゼの書状、コロンボ港で後続のエリーゼへ小説を渡そうとした鷗外の思い遣り、帰国直前の石黒へ鷗外が献呈した軍医辞職を匂わせる漢詩など、多くの来日前の諸情報からも立証される。

第二に、これまで「路頭の花」説では、「金をせびりに来た」素性の悪い女性とされてきたが、当時の渡航費片道七〇〇円という高額な金額を考えただけで、この説は荒唐無稽なものといってよい。往復旅費を上回る金額を鷗外からせびりとることなど常識から考えても出来るはずがない。

高額な渡航費を鴎外が支出したとすれば、鴎外にとってエリーゼは大切な人であったことになる。また、本人が渡航費を出したとすれば、経済的な余裕のある家庭の女性であることになる。いずれにせよエリーゼは「路頭の花」などではなく、鴎外にとって「永遠の恋人」である。

第三に、「次ぎの兄」の記述から、エリーゼは手芸で自活しながら結婚する時期を待つつもりであったことが推察される。さらに、鴎外より積極的に結婚を望んでいた様子もうかがえる。帰国に際しての小金井喜美子の「どんな人にせよ、遠く来た若い女が、望とちがって帰国するというのはまことに気の毒に思われるのに」という一節から、エリーゼ来日の目的は鴎外との結婚であったことが類推される。

第四に、一〇月四日に小金井良精が持参した鴎外の手紙に対し、断固受取を拒絶するという態度を示すことができる誇り高い自立した女性であった。

この手紙についての解釈は、これまで「金銭上のもつれ」をもたらす内容であったとされてきたが、その後の「三日間の謎」を生む動機となったものと考えられ、鴎外からの「別れ話」であったと考えざるをえない。「我百首」の第四〇首からみて、鉛筆書きの手紙であり、エリーゼは受取を拒絶し、その後は小金井良精との面会を拒否していた。

第五に、鴎外との結婚を夢見て来日したのにもかかわらず、鴎外の辞表提出を知り、直ちに帰国を決断した優れた判断力をもっていたことが推察される。

鉛筆書きの別れ話を第三者に託するという鴎外の卑劣な行為に激怒するという感性をもちなが

ら、陸軍軍医を辞職してまで愛を貫こうとする誠意を示した鴎外を許す心の広さを持ちあわせていた。その背景には、二人の将来にとって結婚は決して幸せをもたらさないという長期的な判断力があった。直ちに鴎外の辞表を撤回させ「少しの憂いも見せず」帰国するという決断力も見事である。

第六に、エリーゼ帰国当時の鴎外のふさぎ込んだ姿は森家一族を心配させるものであった。エリーゼの帰国三日後から森家は赤松登志子との結婚を急いだくらい、当時の鴎外は憔悴していたものと思われる。それほどの惨痛を残すことができたエリーゼであった。

第五章の「改めて『舞姫を』読む」でも触れるように、鴎外はエリーゼの毅然とした態度に自分自身の醜さ・愚かさを時の経過ともに深刻に受け止めるようになった。「舞姫」の発表は、エリーゼ帰国後一年二カ月余であり、「腸日ごとに九廻す」と表現されるような惨痛をエリーゼは残したと考えてよい。

第七に、年月とともに、鴎外の心に結晶化されて深く刻み込まれる結果となったエリーゼでもあった。鴎外の諸作品にエリーゼへの思いが見え隠れするのは当然のことであろう。

四二歳の頃の詩「扣鈕」や四六歳当時の「我百首」を見るとき、エリーゼへの想いが如何に深いものであったのかがわかる。それは、自己告発という惨痛を含む苦くも甘い思い出であり、生涯を通じてエリーゼとの文通があったという肉親の証言からも裏づけられる。

エリーゼ像についてまとめれば、これまでもいわれているように小柄で素直な美しい女性であることはもちろんであるが、判断力・決断力・行動力とともに向上心にも富んだ誇り高い魅力的な女性であったと思われる。鴎外が心から結婚を望むにふさわしい女性であった。

小金井喜美子が書いているような「愚かで素性の悪い」女性などではありえない。東大教授小金井良精に対しても堂々と渡り合い、鴎外からの鉛筆書きの手紙を突き返し、それ以降面会を拒絶するという勇気と誇りをもった女性であったと思われる。

横浜港で彼女を見送ってから、鴎外は極度のふさぎ込み状態におちいった。彼女は、鴎外に生涯にわたるトラウマを残し、鴎外と文通を続けさせた女性であったにちがいない。

それだけに、年がたつにつれ鴎外の彼女についての思いはますます強まっていったものと思われる。その思いを発表したいと考えると同時に、作品中からいかに彼女の影を消すかにも配慮したことだろう。

第四章　鴎外作品に潜むエリーゼの影

鴎外作品には、外国女性の影が色濃くにじんでいるものがある。それらの作品についてモデル探しが行われてきた。来日したドイツ人女性がそれではないかとして、いっそう注目を浴びてきた。しかし、これまで見てきたように、「エリーゼ」の実像は、研究者の間でも確定していない。「三日間の謎」から出発し、われわれが探し当てた「エリーゼ像」は、果たしてそれらの作品に反映しているのだろうか。いくつかの作品を取りあげて検証してみたい。「舞姫」については章を改めて触れることにする。

「扣鈕」

「扣鈕《ぼたん》」は、一九〇七年九月に出版された『うた日記』に収められている。『うた日記』は、日露戦争に従軍した鴎外が、転戦中の陣中詠をまとめたものである。佐藤春夫は、日露戦争文学中の最高佳品と評価している（「陣中の竪琴」、『文芸』一九三四年三月）。

於菟も杏奴も「エリーゼ来日事件」の真相は知らなかったが、この詩によって父鴎外にはドイツ人女性の恋人がいたことを推定している。

この「扣鈕」は軍服や外套についていたものではなく、ワイシャツの袖口につけるカフスボタンである。於菟が伝えるところによると、『うた日記』が出版されたあと鴎外が、「このぼたんは昔伯林で買ったのだが戦争の時片方なくしてしまった。とっておけ」といってくれたが、それは銀の星と金の三日月とをつないだものだったという。

この詩を読むときに念頭におくべきは、一対のカフスボタンの片方を南山の激戦の中で紛失したということであり、鴎外がわざわざそれを身につけて戦場に赴いていたということである。

南山の　たたかひの日に
袖口《そでぐち》の　こがねのぼたん
ひとつおとしつ
その扣鈕惜《お》し
べるりんの　都大路《みやこおおじ》の
ぱつさあじゆ　電燈あをき

店にて買ひぬ
はたとせまへに

えぽれつと　かがやきし友
こがね髪　ゆらぎし少女《おとめ》
はや老いにけん
死にもやしけん

はたとせの　身のうきしづみ
よろこびも　かなしびも知る
袖のぼたんよ
かたはとなりぬ

ますらをの　玉と砕《くだ》けし
ももちたり　それも惜しけど
こも惜し扣鈕
身に添ふ扣鈕

南山の戦いは、一九〇四年五月二五日から二六日にかけて行われた激戦であった。有名な二〇三高地の戦いの前に行われ、戦死者七四九名を出し、乃木希典将軍の長男勝典中尉もここで戦死している。その激戦地の野戦病院で死傷者の手当をしながら、四二歳の鴎外が、二〇年前の留学時代に買ったボタンを詠んでいる。「えぽれっと」は肩章のことであり、「えぽれっとかがやきし友」は青年将校の友人と思われる。戦死した百人、千人の命も惜しいが、二〇年間ずっと身に着けてきたボタンも惜しいという。不謹慎とも思われる比較により、紛失したボタンへの哀惜の情が惻々と迫ってくる詩である。無機物としてのボタンへの思いであるはずはなく、二〇年をともに過ごし喜怒哀楽を知っているボタンへの哀惜である。

なぜ、それほどの哀惜を覚えるのかといえば、「こがね髪ゆらぎし少女」との思い出の象徴であるからであろう。ボタンの片方がなくなったことから「死にもやしけん」という詩句も出てきたのだろう。戦闘の最前線からは離れている軍医という立場にあり、戦死することはありえなかったろうが、戦死するときも身に着けていたかったという思いが伝わってくる。

一九三六年四月、森於菟は東京日日新聞のコラムに「父の映像」を、台北大学へ赴任する船の中で書いている。この「扣鈕」の詩を引用した後で、次のように述べている。

この「黄金髪ゆらぎし少女」が「舞姫」のエリスで父にとっては永遠の恋人ではなかったかと思う。エリスは太田豊太郎との間に子を儲け仲を裂かれて気が狂ったのであるが、父にもその青年士官としての独逸留学時代にある期間親しくした婦人があった。私が幼時祖母からきいた所によるとその婦人が父の帰朝後間もなく後を慕って横浜まで来た。

これを読んだ小金井喜美子は、「森於菟に」の中で、「こがね髪ゆらぎし少女と独逸留学時代に同棲したことがあつたといふのはまちがひでせう。誰からお聞きでした、まさかお祖母様からではないでせう」と詰問している。「私の育つた頃の森の家風といふものは、厳格といひませうか、旧式といひませうか、親が子に向つても子が親に向つても、言ふべき事と言はぬ事とははつきりときめられて居りました」と述べて、息子や娘が父鷗外の秘事を公表したことをたしなめている。

森於菟は、「こがね髪ゆらぎし少女」は「エリス」であり、「父にとっては永遠の恋人ではなかったか」と書いている。小堀杏奴も、この「扣鈕」を挙げて、「ただ一人恋人がいたとすればそれは独逸婦人である」と明言している。

小金井喜美子は否定してはいるが、「扣鈕」を読むとき、激戦地でも忘れることができなかったエリーゼの像が浮かび上がってくる。

まさに、鷗外に生涯にわたる心の傷を与えたエリーゼが、一二〇年前の姿で金髪をかがやかせて立っている。

「我百首」

文学に縁遠く、鴎外の作品もほとんど読んでいなかったので、小平から「我百首」とその解釈を示されたときには、本当に驚いた。

鴎外が、このような歌を詠んでいることも驚きだったが、その表現が何とも形容のしがたいものであった。第一首は、ギリシャ神話と日本神話の混合作品だろうと想像がついた。第二首にはキリスト、第三首は陣痛、第四首と第五首は釈迦、と冒頭から鬼面人を驚かす歌が並んでいる。さらに、Olympos、Nazareth、Nisciorée、Tanagara、Messalina、Absinthe、Wagnerなどの横文字が出てくるうえ、「菴沒羅菓」とか「麻姑」とか理解できない文字が頻出している。また、第一八首、第四一首にみられるように、短歌で句読点や引用符を使用するという先駆的な試みも行っていて（須田喜代次、「我百首」の試み」）、異様な感じをうける。

しかし、第二六首の「すきとほり眞赤に強くさて甘きNisciorée の酒二人が中は」というようなワインのような甘い恋を詠っていたり、第三〇首のような「君に問ふその唇の紅はわが眉間なる皺を熨す火か」という相聞歌そのものがあり、小平がいうように「我百首」は間違いなくエリーゼとの恋の想い出を読み込んだものであると納得できた。

「我百首」は、一九〇九年五月発行の雑誌『スバル』に掲載された「沙羅の木」に収載されている。「我百首」の難解さは、鴎外研究者にとっても同じであるらしく、「我百首」の研究者はきわめて少なく、またその解釈にも大きな隔たりがある。

平山城児は著書『鴎外「奈良五十首」の意味』(笠間書院、一九七五)で、この「我百首」つぎのように批評する。

「我百首」には、「奈良五十首」に見られたような緊密な構成はない。その点について、私は長年考えつづけて来たが、いまだに脈絡のつかない部分が多く、自信をもって百首全体を縦横に論ずるまでには到っていない。みずからの非力を棚に上げて性急な結論を出すのは慎しまなければならないが、これら百首全体を隅々まで理解し、しかも、百首の配置の意味あいを正確に把握するというのは、非常に困難なことではないかと予想されるのである。その理由としては、二つが考えられる。ひとつは、「奈良五十首」の各首とは異なり、「我百首」の各首は、どちらかといえば、現実から飛躍して詠まれた歌が多いので、「奈良五十首」のように、現実と一々つきあわせてから解釈することが不可能であるという理由である。もうひとつは、「我百首」の歌の配列は、おそらくイメージの連関によってなされており、そもそも理知的な分析を拒否する代物であるはずだから、全体の歌の配列の意味あいを、しかつめらしく論じたてること自体がナンセンスであろうという理由である。

平山は、百首の配置の意味あいを把握することはきわめて困難であるが、おそらくイメージの連関によってなされているとみて、論文「鴎外『我百首』価値」（『瀬沼茂樹古稀記念論文集』所載、一九七四）では、関連するイメージによるまとまりを部分的にいくつかとりだして解説し、結論として「このように、断続的ではあるが『我百首』には全体をイメージの関連によって統一しようする意思が感じとれる」とした。

これにたいし小堀桂一郎は、著書『森鴎外　文業解題（創作篇）』（岩波書店、一九八二）で、各首相互になんらかの関連性ありとする平山の解釈を、つぎのように述べて否定した。

『我百首』は連作といっても、例えば斎藤茂吉の高名な『死に給ふ母』や『おひろ』の如く、一首一首が内的に連関を有し、かつその前後の配列を入れ替へることが許されない様な形での、文字通りの連作であるといふのとは違つてゐる。敢て言へば、これらは互の脈絡も順序もなしに、唯雑然と取り集めた百首なのであつて、従つて必ずしも配列の順を追うて読むことを要せないものである。

小堀は次のようにも語っている。「敢えて言つてしまへばこれは鷗外の『あそび』かもしれない。この種のあそびは当時新詩社の社友達も盛んに試みた、一種の流行でもあったのだが、鷗外もそれに参加し、そしてそのあそびにいささか形象上の擴大と象徴表現の深化を促さうと試みたものであったらうか」

しかし、「舞姫事件」の全容を理解してみると、両氏のいわれるように、何の脈絡もなしに雑然と集められた百首とか、イメージとして統一した連作ではない、という批評は誤りであることが明かであろう。鷗外は、エリーゼとの想い出を歌に込めながら、エリーゼの影を消すという困難な作業を行っていたのではないか。

奇怪なイメージをもつ「我百首」をまず以下にご紹介したい。

(1) 斑駒《ぶちごま》の骸《むくろ》をはたと抛ちぬOlymposなる神のまとゐに
(2) もろ神のゐらぎ遊ぶに釣り込まれ白き歯見せつNazarethの子も
(3) 天《あめ》の華石の上に降《ふ》る陣痛《ぢんつう》の断えては続く獣《けもの》めく声
(4) 小き釈迦摩掲陀の国に悪を作《な》す人あるごとに青き糞《ふん》する
(5) 我は唯この菴没羅菓《あゝむらくわ》に於いてのみ自在を得ると丸呑にする
(6) 年礼の山なす文《ふみ》を見てゆけど麻姑のせうそこ終にあらざる

（7）憶ひ起す天に昇る日籠《こ》の内にけたたましくも孔雀の鳴きし
（8）此星に来て栖みしよりさいはひに新聞記者もおとづれぬかな
（9）或る朝け翼を伸べて目にあまる穢を掩ふ大き白鳥
（10）雪のあと東京といふ大沼の上に雨ふる鼠色の日
（11）突き立ちて御濠《みほり》の岸の霧ごめに枯柳切る絆纏の人
（12）大池の鴨のむら鳥朝日さす岸に上りて一列《つら》にゐる
（13）日の反射店の陶物《すゑもの》、看板の金字、車のめぐる輻《や》にあり
（14）惑星は軌道を走る我《われ》生きてひとり欠し伸せんために
（15）重き言《こと》やうやう出でぬ吊橋を渡らむとして卸すがごとく
（16）空中に放ちし征箭《そや》の黒星に中りしゆゑに神を畏るる
（17）脈のかず汝達《なむたち》喘ぐ老人《おいびと》に同じと薬師《くすし》云へど信ぜず
（18）「友ひとり敢ておん身に紹介す。」「かかる楽器に触れむ我手か。」
（19）綴ぶみに金の薄《はく》してあらぬ名を貼《お》したる如し或人見れば
（20）寡欲なり火鉢の縁に立ておきて煖まりたる紙巻をのむ
（21）おのがじし靡ける花を切り揃へ束《たば》に作りぬ兵卒のごと
（22）一夜をば石の上にも寝ざらんやいで世の人の読む書《しょ》を読まむ
（23）黙《もだ》あるに若かずとおもへど批評家の飢ゑんを恐れたまさかに書く

(24) あまりにも五風十雨の序《ついで》ある国に生まれし人とおもひぬ
(25) 伽羅は來て伽羅の香《か》、檀は檀の香《か》を立つべきわれは一星《せい》の火
(26) すきとほり真赤に強くさて甘き Niscioree の酒二人が中は
(27) 今来ぬと呼べばくるりとこち向きぬ回転椅子に掛けたるままに
(28) うまいより呼び醒まされし人のごと円き目をあき我を見つむる
(29) 何事ぞあたら「若さ」の黄金を無縁の民に投げて過ぎ行く
(30) 君に問ふその脣の紅はわが眉間なる皺を熨《の》す火か
(31) いにしへゆもてはやす径寸《わたりすん》と云ふ珠二つまで君もたり目に
(32) 舟ばたに首《かうべ》を俯して掌《たなぞこ》の大さの海を見るがごとき目
(33) 彼人は我が目のうちに身を投げて死に給ひけむ來まさずなりぬ
(34) 君が胸の火元あやふし刻々に拍子木打ちて廻らせ給へ
(35) 我《われ》といふ大海の波汝《なれ》といふ動かぬ岸を打てども打てども
(36) 接吻の指より口へ僂《かゞな》へて三とせになりぬ吝《やぶさか》なりき
(37) 掻い撫でば火花散るべき黒髪の縄に我身は縛られてあり
(38) 散歩着の空鈕の孔に插す科に摘ませ給はん花か我身は
(39) 顔の火はいよよ燃ゆなり花束の中に埋《うづ》みて冷やすとすれど
(40) 護謨をもて消したるままの文《ふみ》くるるむくつけ人と返ししてけり

(41) 爪を嵌む。「何の曲をか弾《ひ》き給ふ。」「あらず汝《な》が目を引き掻かむとす。」
(42) み心はいまだおちゐず蜂去りてコスモスの茎ゆらめく如く
(43) まゐらするおん古里の雛棚にこの Tanagara の人形《にんぎやう》ひとつ
(44) 籠《こ》のうちに汝幸《なれさち》ありや鶯よ恋の牢《ひとや》に我は幸あり
(45) わが魂《たま》は人に逢はんと抜け出でて壁の間をくねりて入りぬ
(46) 善悪の岸をうしろに神通の帆掛けて走る恋の海原
(47) 好し我を心ゆくまで責め給へ打たるるための木魚の如く
(48) 厭かれんが早きか厭くが早きかと争ふ隙や恋というもの
(49) 頬《ほ》の尖の黶子《はゝくそ》一つひろごりて面に満ちぬ恋のさめ際
(50) うまいするやがて逃げ出づ美しき女《をみな》なれども歯ぎしりすれば
(51) Messalina に似たる女《をみな》に憐を乞はせなばさぞ快からむ
(52) 利《と》き爪に汝《な》が膚こそ破れぬれ鎖《くさり》取る我が力弛みて
(53) 氷なすわが目の光泣き泣きていねし女《をみな》の項を穿つ
(54) 貌花のしをれんときに人を引くくさはひにとて学び給ふや
(55) 美しき限集ひし宴會の女獅子《めじし》なりける君か、かくても
(56) 心の目しひたるを選れ汝《なれ》なれまこと金剛不壊の恋を求めば
(57) 汝《な》が笑顔いよいよ匂ひ我胸の腫ものいよいようづく

(58) 此恋を猶續けんは大詰の後なる幕を書かんが如し
(59) 彼人を娶らんよりは寧我《われ》日和も雨もなき国にあらむ
(60) 慰めの詞も人の骨を刺す日とは知らずや黙《もだ》あり給へ
(61) 富む人の病のゆゑに白かねの匙をぬすみて行くに似る恋
(62) 闘はぬ女夫《めを》こそなけれ舌もてし拳をもてし霊《れい》をもてする
(63) 処女《しよぢよ》はげにきよらなるものまだ售《う》れぬ荒物店の箒《はゝき》のごとく
(64) 觸れざりし人の皮もて飲まざりし酒を盛るべき嚢を縫はむ
(65) 黒檀の臂の紅蓮の掌に銀盤擎げ酒を侑むる
(66) 「時」の外《と》の御座《みくら》にいます大君の謦咳《しはぶき》に耳傾けてをり
(67) 註文すわが心臓を盛る料に焔に堪へむ白金《はくきん》の壺
(68) 拙《つた》なしや課役《えだち》する人寐酒飲むおなじくはわれ朝から飲まむ
(69) 怯れたる男子なりけりAbsintheしたたか飲みて拳銃を取る
(70) ことわりをのみぞ説きける金乞へば貸さで恋ふると云へば靡かで
(71) 世の中の金の限を皆遣りてやぶさか人の驚く顔見む
(72) 大多数まが事にのみ起立する会議の場《には》に唯列《なら》び居《お》り
(73) をりをりは四大仮合《けがふ》の六尺を真直に竪てて譴責を受く
(74) 勲章は時々《じじ》の恐怖に代へたると日々《ひび》の消化に代へたるとあり

(75) とこしへに饑ゑてあるなり千人の乞児に米を施しつつも
(76) 軽忽《きやうこつ》のわざをき人よ己《し》がために我が書かざりし役を勤むる
(77) 「愚」の壇に犠牲《いけにへ》ささげ過分なる報を得つと喜びてあり
(78) 火の消えし灰の窪みにすべり落ちて一寸法師目を睜りをり
(79) 写真とる。一つ目小僧こはしちふ。鳩など出だす。いよよこはしちふ。
(80) まじの符を、あなや、そこには貼《お》さざりき櫺子《れんじ》を覗く女《をみな》の化性
(81) 書《ふみ》の上に寸ばかりなる女《をみな》来てわが読みて行く字の上にゐる
(82) 夢なるを知りたるゆゑに其夢の醒めむを恐れ胸さわぎする
(83) かかる日をなどうなだれて行き給ふ櫻は土《つち》に咲きてはあらず
(84) 仰ぎ見て思ふところあり蹇《あしなへ》の春に向ひて開ける窓を
(85) 何一つよくは見ざりき生《せい》を踏むわが足あまり健《すくやか》なれば
(86) 世の中を駈けめぐり尋ね逢ひぬれど喘止まねば物の言はれぬ
(87) 十字鍬買ひて帰りぬいづくにか埋《う》もれてあらむ宝を掘ると
(88) 狂ほしき考浮ぶ夜の町にふと燃え出づる火事のごとくに
(89) 魔女われを老人《おいびと》にして髯長き侏儒のまとゐの真中《まなか》に落とす
(90) 我足の跡かとぞ思ふ世々を歴て踏み窪めたる石のきざはし
(91) 円龍の凝りたる波と見ゆる野に夢に生れて夢に死ぬる民

(92) 舟は遠く走れどマトロスは只炉一つをめぐりてありき
(93) をさな子の片手して弾《ひ》くピアノをも聞きていささか楽む我は
(94) Wagner はめでたき作者ささやきの人に聞えぬ曲を作りぬ
(95) 弾じつつ頭《かうべ》を掉れば立てる髪箒《はゝき》の如く天井を掃く
(96) 一曲の胸に響きて門を出で猛火のうちを大股に行く
(97) 死なむことはいと易かれど我はただ冥府《よみ》の門守る犬を怖るる
(98) 防波堤を踏みて踵を旋さず早や足蹠《あのうら》は石に触れねど
(99) 省みて恥ぢずや汝《いまし》詩を作る胸をふたげる穢除くと
(100) 我詩皆けしき臓物《ざうもつ》ならざるはなしと人の云ふ或は然らむ

（ちくま文庫版『森鷗外全集』第十四巻　四四九～四五四頁）

この百首を眺めると、第二六首から第六〇首までは相聞歌であろうと想像がつく。しかも熱烈な恋愛歌である。これまでは、恋愛の対象そのものが不明であったので、鷗外の体験が塗り込まれているとは気づかれなかったのではないか。第二六首の「眞赤に強くさて甘き Niscioree の酒」、第二七首の「今来ぬと呼べばくるりとこち向きぬ回転椅子に掛けたるままに」、目の青さを連想させる第三二首、などで恋愛の対象は外国人女性であることが暗示されている。

第四〇首の「護謨をもて消したるままの文くるるむくつけ人と返ししてけり」はすでに取りあげている。一〇月四日小金井良精が鴎外の鉛筆書きの手紙を築地精養軒のエリーゼに届け、エリーゼはその手紙を突き返す。それがきっかけとなって、鴎外は自分の醜さを反省し、結婚のための軍医辞表提出を決意する。そのイメージは「エリーゼ来日事件」中もっとも強烈な出来事であり、しかも鴎外を生涯苦しめた心の傷を負わせる原因となった事件であった。この一件は、後述するように小説『雁』の主要な（隠された）テーマとしても登場すると考えている。

第四一首「爪を嵌む。「何の曲をか弾き給ふ。」「あらず汝が目を引き掻かむとす。」」は、一転して登志子との想い出を詠んでいるものと思われる。爪をはめて演奏する楽器は琴以外にはないので、楽器は琴と考えてよい。エリーゼに嫉妬した登志子の険悪な態度を会話体で表現している。

登志子は鴎外を訪ねて来日したドイツ人女性のことを知っていた。それを物語るのが喜美子の「次ぎの兄」の以下の文章である。

四月十日に向島で大学のボオトの競漕がありました。（略）　夕方早く引き上げて近くの榎本子爵別邸へ行くことになり、広いお庭のそこここを見せて頂きました。私とお姉え様だけ人から離れて歩いて居た時、どういふ序か西洋婦人の話をされましたから、

「それはちつとも御心配には及びません。兄はそんな人ではございませんから御安心なさいまし。」

「私もさうだと思ひます。」

そこへ他の人が来たのでそれきりになりました。

鴎外の後妻志げは一九一〇年に作品集『あだ花』を公刊している。そのなかの「波瀾」は、鴎外と結婚したころのことを書いた短編である。そこに「夫婦の喧嘩の元は大抵嫉妬だ。現在に妬むべき事実がないと過去に嫉妬の種を求める。先の妻なぞもしまひには座敷中に火鉢の火を蒔き散らしたことなんぞがある」という夫のことばが記されている。

これらの伝聞からみて、登志子はエリーゼに対し強い嫉妬心をもっていたことがわかる。第四〇首と第四一首に「舞姫事件」当時の二人の女性が鴎外に残したもっとも強烈な印象を詠み込んでいると考えてよい。まさか、エリーゼと登志子のそれぞれの強烈な印象を詠んだ歌が並んでいるとは想像することすらできないのではないか。

後に詳しく述べるが、第六首で鴎外は、これ以後は「舞姫事件」に因んだ歌を並べますよと宣言していると考えている。それに続く第七首「憶ひ起す天に昇る日籠の内にけたたましくも孔雀の鳴きし」は、エリーゼを孔雀にたとえ、「天に昇る日」すなわち帰国決定時に鴎外の裏切りに対して彼女が泣いて鋭く抗議したことを詠んでいると考えてよい。

第一五首「重き言やうやう出でぬ吊橋を渡らむとして卸すがごとく」は、どのように解釈してよいか、この歌だけからはわからない。第一六首と関係させると「重き言」は、重苦しい手紙と読むことができ、音信が途絶えていたエリーゼにおそるおそる「吊橋を渡」るような気持ちで手紙を出した。それを受けた第一六首では「空中に放ちし征箭の黒星に中りしゆゑに神を畏るる」とエリーゼから返信があったことを暗示している。しかし、それは人妻である彼女に手紙を出すことであり、「神を畏」れる所行である。この二つの歌は、小説「木精《こだま》」の描写と対応するものであろう。谷間でフランツがハルロオと呼ぶと木精もハルロオと答えていた。ある日木精が答えなくなり、フランツは不思議に思う。段々不安になり、「木精は死んだのだ」とつぶやいて村へ引き返す。同じ日の夕方、フランツは木精のことが気になり、「例の岩」のところへ出かけた。岩のところに七人のブリュネットの子供たちがいて、彼らのハルロオという呼び声に木精が答えていた。「自分のハルロオに答えないので、木精が死んだかと思ったのは間違であった。木精は死なない。しかしもう自分は呼ぶことは廃《よ》そう。こん度呼んで見たら、答えるかも知れないが、もう廃そう。」と書かれている。また、「扣鈕」のなかに「はや老いにけん」「死にもやしけん」という句があり、エリーゼとの音信が絶え、彼女があるいは死んだのではないかとの疑念を詠みこんでいるのではないか。

第二六首「すきとほり真赤に強くさて甘き Nisciorée の酒二人が中は」と第二七首「今来ぬと呼べばくるりとこち向きぬ回転椅子に掛けたるままに」は、エリーゼ来日当時の二人の仲を詠んでいるものと考えてよい。第二六首では、真っ赤なワインを挙げて二人の仲の甘さを歌い上げている。第二七首は、当時では珍しい回転椅子を詠みこんでおり、築地精養軒でのエリーゼを描いていると思われる。第二八首から第三一首も同様に解釈できる。

第五六首「心の目しひたるを選れ汝なれまこと金剛不壊の恋を求めば」は、エリーゼ帰国時の鴎外の悔恨を詠んでいるのではないか。「心の目しひたる」とは、漢字をあてれば「心の目廃ひたる」なので、恋一筋のため心が盲目になっている人のことであろう。エリーゼにそのような人を選ぶべきだったとよびかけているのだから、純愛を貫けなかったことを自省しているのであろう。「心の目しひたるを」に、エリーゼの強い拒否にあった鴎外の感慨が入っているように思う。第五七首「汝が笑顔いよいよ匂ひ我胸の腫ものいよいようづく」は、エリーゼの笑顔がますます美しいのに、自分の心はずきずき痛むだけだ。帰国を決意したエリーゼの美しさは匂うようだが、自分はどうすることもできない辛さが滲む。第五八首の「此恋を猶續けんは大詰の後なる幕を書かんが如し」には、エリーゼとの恋を続けることは、終わってしまった芝居の筋書きを書くようなものだという諦めの気持ちを素直に表現している。

第七〇首と第七一首については後にも触れるが、エリーゼの帰国時の経済問題について詠んでいるものと思われる。第七〇首「ことわりをのみぞ説きける金乞へば貧さで恋ふると云へば靡かで」は、「舞姫事件」を知らない限り解釈しようがない歌である。「ことわりをのみぞ説きける」は、鴎外の結婚申し出に対し、帰国の決心を翻さなかったエリーゼの姿を詠んでいるものと考えてよい。「恋ふると云へば靡かで」でその解釈が正しいことが示唆される。問題は中の句の「金乞へば貸さで」である。エリーゼとのことを詠んでいるという解釈が正しいとすると、鴎外がエリーゼに「金乞」う姿が浮かんでくる。「金銭目当て」に来日したといわれてきたエリーゼとはまったく違った情景が詠み込まれている。この解釈が正しいかどうか、今後の検討が必要であろうが、「舞姫事件」を前提に素直に読めば、そのように読むのが自然である。

第八八首「狂ほしき考浮ぶ夜の町にふと燃え出づる火事のごとくに」は、エリーゼ帰国後の鴎外の狂おしい思いが詠み込まれていると考えざるをえない。第八九首「魔女われを老人にして髯長き侏儒のまとゐの真中に落とす」は、自分の願いをはねつけ帰国してしまったエリーゼへの恨みを詠んでいるのではないか。「侏儒」は、「見識のない人をあざけっている」言葉だから、家制度を守ろうとする因習にとらわれた西周や赤松家・林家・森家の老人たちを揶揄しているものと思われる。精神的に自分を「老人」にしてしまったすえ、年取った俗物たちの中に落とし込んで帰って行ったエリーゼは魔女ではないのか。生気を失い、森家の定めた結婚を選ぶ以外に道がなくなった鴎外の悲嘆が感じ取れる。

第六九首「怯れたる男子なりけりAbsinthe したたか飲みて拳銃を取る」もすでに取りあげたが、鴎外が思い詰めて自殺まで考えた心境を詠んでいる。第九七首「死なむことはいと易かれど我はただ冥府の門守る犬を怖るる」や第九八首「防波堤を……」にも自殺を暗示する歌が並んでいる。エリーゼ来日事件当時の鴎外の苦悩を知らないかぎり、これらの詩は「鴎外のあそび」としか受け止めることはできないのではないか。

とくに、第九八首「防波堤を踏みて踵を旋さず早や足蹠《あのうら》は石に触れねど」は、横浜港を出港したエリーゼと重ね合わせて解釈すると、鴎外の切実な叫びが聞こえてくるように思われる。船影も消えた沖に向かい、エリーゼのおもかげを追って防波堤を踏み越え何処までも歩いて行こうという悲愴な想いが感じられる。締めくくりともいうべき第九八首であり、この歌がエリーゼへの想いのたけの総括だったのではないだろうか。

このように見てくると、これまでの研究の解釈とは異なり、「我百首」は「舞姫事件」のイメージで作られていると考えて間違いはないと思う。鴎外は事実を韜晦しながら、舞姫事件当時の情念を詠みこんでいると考えてよいだろう。

鴎外の該博な知識に驚くとともに、文豪と呼ばれるに相応しい「我百首」の含蓄を理解できたのは二〇〇四年師走のことであった。冒頭から並ぶ異様な歌の数々を眺めながら、どこかに鴎外らしい「起承転結」があるのではないかと考えていた。そして、第六首は、それまでの歌と異なり、具体的な内容が詠みこまれていることに気づいた。これが補助線になるのではと直感し、「麻《ま》姑《こ》」とは一体どのような人物なのだろうかと疑問をもった。「姑」は連れ合いの母を意味し老人のイメージであると思い、調べてみた。調査して見て意外な解説に飛び上がった。

「麻姑」は、漢和辞典によれば「鳥のような爪をした仙女」とあるが、沢田瑞穂訳「神仙伝」によれば次のように説明されている。

漢の孝桓帝の代に、神仙の王方平が蔡経の家に降臨した。……（王方平が）やがて到着におよぶと……王方平だけが蔡経の父母兄弟を引見した。しばらく独りで坐していたのち、使者をやって麻姑を訪ねさせた。（もどってきた使者が麻姑の言葉を伝えていうには）「お目もじ致し候わぬまま、いつしか五百余年も相経ち申候……」、こうして二刻もすると、麻姑がやってきた。……麻姑が着くと、蔡経も一家をあげて拝謁した。それは若くて美しい女の人で、年のころなら十八、九。頭の頂を髷に結い、残りの髪は腰まで垂らしている。……麻姑は鳥のような爪をしていた。蔡経がそれを見て、背がかゆくてたまらない時に、あんな爪で背中を掻くことができたら、さぞや良い心持ちであろうと考えていると、方平は早くもその心に思うことを察し、すぐさま蔡経を縛って鞭で打たせた。「麻姑どのは神人なるぞ、そちはなにゆえ爪で背中を掻きたいなどと考えたるか」といった。……さて宴が終わると、王方平も麻姑も乗物を命じて天に昇っていった。……

何と「麻姑」は、五〇〇年以上も生きている「年のころなら十八、九。頭の頂を髷に結い、残りの髪は腰まで垂らしている」若い姿をした美しい神女であった。「麻姑」をエリーゼと考えて、「蔡経」を鴎外と見立てると何とよく「エリーゼ事件」を表現しているのかと驚いた。恋をしてはいけない西洋女性に恋した鴎外は、西家を頂点とする長老に縛り上げられ、鞭打たれた結果、彼女は手の届かないところに去っていってしまった。「麻姑」という二文字で場面転換し、自分自身の置かれた立場を見事に表現している。これ以後は、エリーゼとの話ですよと宣言しているのだと思われる。

それだけではない。日本神話、ギリシャ神話、キリスト、仏陀とならべ、第六首も道教の世界を取りあげている。この並べ方だけを見ているかぎり、第六首も抽象的な「鴎外の遊びの世界」であると読み過ごしてしまう。「舞姫事件」という補助線をもって「我百首」を眺めてみて、はじめて鴎外の歌の含意を読み取ることができる。

「麻姑」を用いて主題に入る鴎外の該博な知識、文学者としての見事な韜晦の技術、四七歳にも達して忘れることができなかったエリーゼへの思い、それらを「第六首」から読み取ることができた。長かった「三日間の謎」解きは、これで本当に終着駅に着いたとそのとき実感した。

小説「雁」

若い日、「雁《がん》」を読んだときには、お玉さんと岡田の淡い恋物語としてうけとめ、とくに妙な小説だとも思わなかった。

「エリーゼ来日事件」に引き込まれてから、改めて読み直してみると、大変奇妙な小説であり、とくに結末の事件がどうしても納得できない。

鴎外は、「壱《いち》」、「弐《に》」、「参《さん》」、「肆《し》」から「弐拾肆《にじゅうし》」という凝った二四章にわけて、「雁」を書いている。「壱」章から「拾玖《じゅうきゅう》」章までは、お玉をはじめとする登場人物の容姿や立ち居振る舞いとその微妙な心理の動き、さらに当時の街のたたずまいなどを、実に丁寧に書き込んでおり、流れるような筋の運びである。ところが、それ以後の五章はそれまでと打ってかわった印象をうける。とくに、「弐拾弐」章では、岡田が石を投げたところ不幸にも雁が死んでしまう。「弐拾肆」章では、死んだ雁を外套の下に隠して下宿に帰り雁鍋を食べるだけではなく、何とも理解のできない会話で締めくくられて「雁」は終わる。

調べてみると、「雁」は一九一一年九月から『スバル』に連載されはじめ、一九一二年九月号の「拾玖」章までは順調に書き進められている。ところが、その六カ月後の一九一三年三月号に「弐拾」章が掲載され、さらに、その二カ月後の五月号に「弐拾壱」章が掲載されてしばらく中断する。この後、一九一三年一二月に『スバル』は第五年一二月号で終刊になっている。最終部三章が書かれて完結し出版されたのは、「弐拾壱」章が執筆された二年後の一九一五年五月のことであった。文学に縁遠い私にもわかるような流れの変化は、鴎外の執筆時の渋滞と対応していることがわかったのである。

鴎外が苦悶してまとめた最終部の五章は何をいおうとしているのだろうか。とくに、石を投げたら雁が死んだという「弐拾弐」章は、いったい何なのか。それまでの話の叙情的な流れからは一転して、殺伐とした世界が展開されて、異質な小説になっているような印象さえうける。「雁」という表題で小説を書き始めているのだから、鴎外はどうもこの章を書きたくて、「雁」を書いていると考えざるをえない。二年も想を練ったうえで書き上げられた最終部三章である以上、そこには鴎外のメッセージが読者にわからぬように塗り込められているにちがいない。

「弐拾弐」章は次のような筋である。

不忍池の北の方へ行く小橋を渡ると、岸のうえに石原が立っていた。彼は「柔術に凝つてゐて、学科の外の本は一切読まぬと云ふ性」で、岡田も僕も親しくはせぬが、嫌ってもいない友人である。池には「十羽ばかりの雁《がん》」が浮遊していた。石原が「あれまで石が届くか」と岡田にいうと、岡田は「届くことは届くが、中《あた》るか中らぬかが疑問だ」と答え、「遣《や》つて見給へ」といわれても、「あれはもう寝るのだらう、石を投げ付けるのは可哀さうだ」といって投げようとしない。石原が「君が投げんと云ふなら、僕が投げる」という。そこで岡田は「そんなら僕が逃がして遣る」といって、不精らしく石を拾って投げると、そのうちの一羽の首がぐたりと垂れた。石原は「もう三十分立つと暗くなる。暗くさへなれば、僕がわけなく取つて見せる」というので、僕と岡田は不忍池のまわりを一周することになった。

鴎外研究者も、この部分では悩まされているらしく、納得できる一致した見解は示されてはいない。ところが、「舞姫事件」を補助線にして「弐拾弐」章を読むと、鴎外がエリーゼに寄せていた思いと、「エリス来日事件」当時の悔恨や怨恨の深さが浮かび上がってくる。

鴎外に「軍医辞表提出」を決断させたのは、一八八八年一〇月四日に小金井良精が持参した鉛筆書きのエリーゼ宛書簡であったという推理は、すでに述べた。この事件は、「我百首」四〇首にも詠まれている。鴎外は、恥ずべき手紙を書いた醜い自分自身を生涯後悔し続けていたのである。

このような前提で「弐拾弐」章を読み、「石を投げる」行為を「手紙を書く」と読み替えれば、すべては氷解する。石を投げろといった石原は、小金井良精がモデルである。岡田は、もちろん鴎外自身である。この石原を、「柔術に凝っていて、学科以外の外の本は一切読まぬという性《たち》だから、岡田も僕も親しくはせぬが、そうかといって嫌ってもいぬ石原という男である」と描いている。小金井も専門書以外をほとんど読まぬ人であったという。柔術に凝っていていという描写から、石原のモデルを有名な嘉納治五郎とみる読者も多い。嘉納は鴎外と同じ一八八一年に東京大学文学部を卒業し、その翌年に講道館柔道を創始しているからである。また、鴎外と東大での同級生で同じ軍医の道に進んだ江口襄を石原に擬する研究者もいる。これは、江口の子息江口喚が、「鴎外雑稿」の中に次のように書いているためである（岩波書店版『鴎外全集』著作編・第20巻「月報5」、一九五一年一〇月）。

小説『雁』のさいごのところに、大学生が不忍池のまわりを散歩していると、弁天橋のところで雁がおよいでいる。石をぶつけるとうまくあたつた。それで大学生が寒中にもかかわらず池の中にじやぶじやぶ入つて雁をひろつてくることをかいている。あの中に私の父もいるのである。あの話は父がよくはなしていた。父の大学生時代の思い出ばなしの一つである。

この証言からわかることは、「雁への投石事件」が実際にあったことと江口襄がその場にいたことである。鴎外はこの事件を「雁」と題して取りあげ、エリーゼ事件を韜晦する手段にしたのであろう。実際に投石した人物は別にして、石原は小金井がモデルであるとすべきであろう。

多分一八八八年一〇月三日夜、北千住の森家で、鴎外はエリーゼへの離別の手紙を書けと母峰子から求められていたことと思う。鴎外が拒否したところ、小金井がそれでは私が代わりに書いて上げようと申し出たことであろう。これを聞いた鴎外は、いや私が書きますとそれを断り、鉛筆でエリーゼ宛の手紙を書いた。翌日、消しゴムの跡が残る手紙を小金井はエリーゼに届け、エリーゼは激怒し、小金井との帰国交渉を拒否する。鴎外は自分自身の行為を恥じ、エリーゼに誠意を示し、軍医を辞職して直ちに結婚しようと考えた。軍医の辞職という捨て身の鴎外の行動を知り、エリーゼは「鴎外を愛するゆえに」帰国の決断をして、帰国してしまう。あの時どうしてあのような手紙を書いたのかと、鴎外はずっと思い続けていたにちがいない。手紙を書くにいたった小金井の言動に対しても、わだかまりを持ち続けていたのではないだろうか。

鷗外は、この顚末を雁への投石として描いているものと考えてよい。小金井はもちろんのこと、読者の誰にも事の真相を知られずに、エリーゼ事件のクライマックスを書くために、鷗外は投石事件に置き換えることにより読者を韜晦したのではないか。「雁」という題目で書き始めたことから、投石事件は当初から構想されていたと考えてよい。

そのような目で「我百首」を見直すと、第七六首と第七七首に小金井の役割を詠んでいるのではないかと思われる歌がある。

(76)　軽忽《きやうこつ》のわざをき人よ己《し》がために我が書かざりし役を勧むる
(77)　「愚」の壇に犠牲《いけにへ》ささげ過分なる報を得つと喜びてあり

第七六首は、「軽忽」すなわち「そそっかしく、おろかな」な人が自分自身のために、鷗外が書かなかった役を勧めていると、小金井が手紙を書くことに一役買ったことを思わせる内容になっている。第七七首は、「愚の壇」とは具体的に何を指すのかわからないが、「愚の壇」に生け贄として鷗外を差し出し、思いがけないほどのお褒めをいただいて喜んでいる、と読むことができる。「愚の壇」とは、おそらく鷗外が嫌っていたであろう「家同士の結婚」などの封建的なしきたりや森家一族の言動であろう。エリーゼが無事帰国したと喜んでいる森一家とそのために大役を果たしたとして誉めそやされていた小金井への鴎外の覚めた目が感じられる。

このような思いを持ち続けた鴎外が、周囲の誰にも気づかれずに「エリーゼ来日事件」でのクライマックスを書こうとして二年も悩み続けた結果が、「雁」の最終三章なのであろう。

「雁」の中で、「拾玖」にある岡田による青大将退治の一件も印象的である。この章で場面転換を図り、「弐拾弐」章への導入部としているものと思われる。

岡田が「窓の女」の家の前を通ろうとしたとき、大勢の女たちが騒いでいた。彼女らの視線をたどって見ると、格子窓に吊してある鳥籠の中に大きな青大将が首を入れていた。その蛇はつがいの紅雀の一羽をくわえており、もう一羽は羽ばたきして逃げまわっていた。岡田は「窓の女」の家から出刃包丁を借りて、その蛇を両断した。蛇の頭は紅雀をくわえて膨らんでいるために籠から抜けず、ぶらりと下がった上半身からは黒ずんだ血がぽたぽた垂れた。生き残ったもう一羽の紅雀は籠の中で不思議に精力を消耗し尽くさず、羽ばたいていた。

丹念に、二羽の紅雀と青大将の情景を描いている。一体、この描写は何を意味しているのだろうか。鳥籠の中の二羽の鳥のうち一羽は蛇にくわえられてぐったりしているが、もう一羽は元気よく鳥籠の中で羽ばたいて逃げ回っている。ぐったりとした一羽は鴎外であり、飛び回っているのはエリーゼをイメージしているのであろう。青大将は、登志子との結婚を強要している長老たちである。一羽の命はなくなったものの、青大将は出刃によって両断される。青大将の両断の意味は、エリーゼとの結婚はできなかったが、長老たちの重圧をはね返し、登志子と離婚した経過をイメージしているのではなかろうか。

鴎外が執筆に時間をかけている「雁」の終末部には、その他にもいろいろなメッセージが込められているように読むことができる。

謎のひとつは、「拾玖」で、お玉の家の紅雀の籠に入りこんだ蛇を退治した話を岡田から聞いた「僕」が「どうもその話はそれ切りでは済みさうにないね」と語っているのに、それらしい話がその後に書かれていないように見える。

謎のふたつは、お玉が岡田に声をかけようとして、岡田が通るのを待ち望んでいたのに、ついに声をかけることができなかったという終末部の三章が、偶然の連鎖という不自然な筋書きになっていることである。

「弐拾」章以後をとおり一遍に読むと、「どうもその話はそれ切りでは済みさうにないね」と書いてありながら、それらしい話はないままに岡田はお玉と別れてしまうということになり、読者はお玉とともに割り切れない思いになる。しかし、作者鴎外の立場で考えると、「一本の釘から大事件が生ずるやうに、青魚《さば》の未醤煮《みそに》が上条の夕食の饌に上つたために、岡田とお玉とは永遠に相見ることを得ずにしまった」ということを語る最後の三章は「どうもその話はそれ切りでは済みさうにないね」といったとおりの話なのである。この話はつぎのように切り出されている。

僕は下宿屋や学校の寄宿舎の「まかなひ」に饑《うえ》を凌《しの》いでゐるうちに、身の毛の弥立つ程厭《いや》な菜《さい》が出来た。どんな風通しの好い座敷で、どんな清潔な膳の上に載せて出されようとも、僕の目が一たび其菜を見ると、僕の鼻は名状すべからざる寄宿舎の食堂の臭気を嗅《か》ぐ。煮肴《にざかな》に羊栖菜《ひじき》や相良麩《さがらぶ》が附けてあると、もうそろそろこの嗅覚《きゆうかく》のhallucination《アリユシナシヨン》（幻覚）が起り掛かる。そしてそれが青魚《さば》の未醤煮《みそに》に至つて窮極の程度に達する。

「舞姫事件」の事実経過を知るものは、ここで用いられている「菜」が「妻」の暗喩であることがすぐに了解できる。自分の妻であって立派に成長している於菟の母親を「僕」のもっとも嫌いな「青魚の未醤煮」にたとえるのはあまりに失礼であり、気の毒である。だから、鴎外はそれ以外の設定や表現も考慮に入れて長い間迷っていたのだろう。

しかし、「僕」が岡田と同じ下宿に住んでいて、「岡田とお玉とは永遠に相見ることを得ずにしまった」という結末につなぐために、また岡田の蛇退治事件のあとで「僕」が「どうもその話はそれ切りでは済みさうにないね」と述べている「その話」のつづきとするには、不自然ではあってもこのような設定にせざるをえなかったと思われる。

上記のように解釈してみれば「青魚の未醤煮」の話は、「エリーゼ来日事件」の渦中で、鴎外が登志子との結婚を強いられている情況の暗喩であって、「つがいの紅雀」が蛇に襲われた事件のあとの「つづきの話」になっているのである。しかし、その事情がまったくわからない読者には、まことに唐突で不自然な展開のしかたであると思われるであろう。

そのようにエリーゼ事件と照合する読み方をすると、「拾玖」に書かれている、岡田から蛇退治の話を聞いた僕が「どうもその話はそれ切りでは済みさうにないね」や、「弐拾肆」の末尾のいい訳じみた「読者は無用の憶測をせぬが好い」という数行も、理解できるのではないか。エリーゼ事件のその後にあたる赤松登志子との一件を念頭に置いて書かれているものと思われる。

また、岡田が思いもよらぬ形でドイツに留学することになり、お玉との再会は不可能になる不可解な設定も、エリーゼと鴎外がふたたび会うことができなかった事実に無理にあわせたとも考えられる。

「雁」においても、「舞姫事件」を補助線にして読んでみると、意外な光景が見えてくる。これまでにない新しい見方をすることができる。「三日間の謎」から出発した仮説は、鴎外の作品について適用しても矛盾を生まないことは明かであろう。というより、これまで解釈できなかった内容を、むしろよく理解できる手だてになっているのではないだろうか。

第五章　改めて「舞姫」を読む

紅野敏郎による「舞姫」の位置づけ

これまで多くの評論があるが、「舞姫」を高く評価する研究者とまったくの駄作であるとする研究者に二分されているようである。「舞姫」をどのように位置づけたらよいのだろうか。文豪鴎外の作品としてみるとき、鴎外の他の諸作品に比べ見劣りがするのか、すべての作品の出発点として位置づけられるのか、この点についてはじめに触れておきたい。

二〇〇一年にソニーミュージックハウスから、『朗読日本文学大系―近代文学編―』が発売され、CDによる作品鑑賞という新しいメディアが提供された。その冒頭を飾ったのが「舞姫」であった。すなわち、『1。近代文学の夜明け』と題して、森鴎外「舞姫」一枚と幸田露伴「五重塔」三枚が納められ、「舞姫」が最初の一枚に位置づけられている。このシリーズを編集した紅野敏郎が、次のように「近代文学の夜明け1」の解説を行っている。

「近代文学の夜明け」は明治維新とともに始まるが、文学の変化は政治の変化より遅れて起こった。ヨーロッパ文学の輸入などが行われたが、江戸文学の戯作の名残りが続き、文学の夜明けは、一八八五（明治一八）年の坪内逍遙の「小説神髄」に始まる。それを受けて、坪内逍遙は「当世書生気質」を刊行するが、作者名として「春廼屋朧」を用い、書名には「一読三嘆」という角書きがあり、まだ江戸時代の戯作の影響を受けていた。一八八六年に「小説総論」を表した二葉亭四迷が、一八八七年に言文一致で名高い「浮雲」を発表する。「くたばってしめい」の名前や出版にあたり坪内逍遙の名前を借りていることからも近代文学とは言い難い。主人公「文三」の内心を描くという江戸時代にはない境地を開いているが、作品は未完のままに終わっている。小説としての完成度は低い。

紅野敏郎が「舞姫」を近代文学の嚆矢と位置づけたのは、逍遙も中途半端、二葉亭も未完であるのに対し、小説としてははじめて首尾一貫した短編小説として完成された作品であるという理由からである。「舞姫」は、主人公太田豊太郎が過去を振り返る「回想形式」ではじまる。すなわち、冒頭の有名な「石炭をば早《は》や積み果てつ。中等室の卓《つくえ》のほとりはいと静にて、熾熱燈《しねつとう》の光の晴れがましきも徒《いたずら》なり。今宵《こよい》は夜毎《よごと》にここに集ひ来る骨牌《カルタ》仲間も「ホテル」に宿りて、舟に残れるは余《よ》一人のみなれば。」とヨーロッパの帰途のサイゴン港で、ヨーロッパでの出来事を振り返っている。結末がついた事件を回想形式で語る完結した小説であることを、紅野敏郎は高く評価し、「舞姫」を近代文学の嚆矢と位置づけている。

「舞姫事件」を前提に「舞姫」を読むとき、この作品は当時の鴎外の存在それ自体を投影しているとともに、すべての作品の出発点になっているのではないかと考えざるをえない。西洋文明と東洋文明、明治時代の立身出世主義、留学当時のベルリンの様子や政治状況、留学生仲間の生活やその間の葛藤、学問のあり方、真の愛と出世の選択、愛の始まりから終わりまでなど、短い作品中に今から百年以上も前の時空を丹念に書き込んだ傑作であり、鴎外文学の出発点となる作品であると考えている。出発点である以上、その後の作品はこれを凌駕していても別に驚くにはあたらない。

自然科学者の小説「舞姫」

自然科学の論文は、「目的」、「実験材料」、「実験方法」、「実験結果」、「考察」といった順序で書かれることが多い。再現実験が可能になるように、事細かく実験に必要な条件を書かねばならない。「舞姫」を読んだとき、鴎外はやはり自然科学者なのだと感じた。それは、時間や場所を特定しているうえに、目的をきちんと書いているからである。

帰国途中のサイゴン港ではあるが、五年前ヨーロッパに向かっていたときのサイゴン港での自分とは、留学体験によってまったく違った自分になっている。自分自身を「材料」とする記述である。ただ一人船内にとどまっている状況を示した先の文章に続けて、次のように「目的」を書くにいたった「動機」を記している。

五年前《いつとせまえ》の事なりしが、平生《ひごろ》の望《のぞみ》足りて、洋行の官命を蒙《こうむ》り、このセイゴンの港まで来し頃《ころ》は、目に見るもの、耳に聞くもの、一つとして新《あらた》ならぬはなく、筆に任せて書き記《しる》しつる紀行文日ごとに幾千言をかなしけむ、当時の新聞に載せられて、世の人にもてはやされしかど、今日《きよう》になりておもへば、穉《おさな》き思想、身の程知らぬ放言、さらぬも尋常《よのつね》の動植金石、さては風俗などをさへ珍しげにしるしゝを、心ある人はいかにか見けむ。こたびは途に上りしとき、日記《にき》ものせむとて買ひし冊子もまだ白紙のまゝなるは、独逸《ドイツ》にて物学びせし間《ま》に、一種の「ニル、アドミラリイ」の気象をや養ひ得たりけむ、あらず、これには別に故あり。

白紙状態の日記をあげて、不安な精神状態を示した後に、この文章を書く「目的」を明確に書いている。

鳴呼《ああ》、いかにしてかこの恨《うらみ》を銷《しよう》せむ。若し外《ほか》の恨なりせば、詩に詠じ歌によめる後は心地すがすがしくもなりなむ。これのみは余りに深く我心に彫《え》りつけられたればさはあらじと思へど、今宵はあたりに人も無し、房奴《ぼうど》の来て電気線の鍵《かぎ》を捩《ひね》るには猶程もあるべければ、いで、その概略を文に綴《つづ》りて見む。

文に綴るのは「この恨を銷」するためであると明確に「目的」を書いている。この「恨」は、詩歌に詠うことで消すことができそうにもないものなので、これも成功するかどうかはわからないが、「恨」を消すべく、その概略を綴ってみようというのである。

「舞姫」全体についてみても、時間の流れを正確に追い、歴史的な事実を書き込むとともに、その時の場所の状況についても目に浮かぶような描写をしている。時間・空間を厳密に規定してやまない科学者の目が感じられる。先に見た「扣鈕」の詩に出てくる「エポレット」やら「べるりんの都大路のぱつさあじゆ」なども、二〇年前に書かれた「舞姫」のなかに記されている。鴎外の若い時代の作品は、想像からの産物ではなく、自己の体験を変容・修飾して書かれているといわれているが、そのような印象をうける。それは、鴎外が自然科学者であるために、事実をもとに論文を書くという修練を積んでいるためなのかも知れない。

「恨」とは何か

「軍医辞表提出説」から見れば、この「恨」は「エリーゼに対する裏切りを行った自分への恨みである」ことは自明である。すなわち、「怨恨」ではなく、「悔恨」である。悔恨よりも深い感情を「恨」と表現していると思う。それを「舞姫」から読み取りたい。

「この恨は初め一抹の雲の如く我《わが》心を掠《かす》めて、瑞西《スイス》の山色をも見せず、伊太利《イタリア》の古蹟にも心を留《とど》めさせず、中頃は世を厭《いと》ひ、身をはかなみて、腸《はらわた》日ごとに九廻すともいふべき惨痛をわれに負はせ」と書いている。「腸日ごとに九廻」するほどの激烈な感情であり、その中味は「世を厭ひ、身をはかなむ」種類であることがわかる。「怨恨」であれば、「世を厭う」必要もないし、「身をはかなむ」必要もない。

さらに、「文《ふみ》読むごとに、物見るごとに、鏡に映る影、声に応ずる響の如く、限なき懐旧の情を喚《よ》び起し」とある。「懐旧の情」から生まれる「悔恨」とは、過去の出来事から生まれるにはちがいない。しかし、「腸日ごとに九廻」するような惨痛を与えるとなると、その種の「悔恨」は想定しにくい。「懐旧の情」とは、エリーゼとの想い出であると理解しないかぎり、解釈できない。

「舞姫事件」に立って、これらの部分を読み直すと、この記述はエリーゼが横浜を発って帰国してからの鴎外の心の動きであったと読むこともできる。エリーゼが去った当初は「一抹の雲のようなわずかな」「悔恨」であったが、だんだん「世をいとい、身をはかなむ」ような「惨痛」に変わっていった。最後は、「文章を読んでも、何を見ても」「鏡に映る影、声に応ずる響き」のように「懐旧の情」を呼び覚まされる「恨」に変化したと表現されている。エリーゼへの鴎外の深い思いが偲ばれると読み取れないだろうか。

以上のように見てくると、この小説の目的は、エリーゼを捨てた自分自身を告発することにあったのではないか。それとともに、どうしてこのような結果を招いたのかという原因追及を行っているのも、「恨」の中味になっていると考えられる。

「弱き心」

サイゴン港での目的を書いた後に一転して過去に話はさかのぼる。ここまではサイゴン港の豊太郎であり、ここから過去の豊太郎への回想が始まる。

余は幼き比《ころ》より厳しき庭の訓《おしえ》を受けし甲斐《かい》に、父をば早く喪《うしな》ひつれど、学問の荒《すさ》み衰ふることなく、旧藩の学館にありし日も、東京に出でて予備黌《よびこう》に通ひしときも、大学法学部に入りし後も、太田豊太郎《おおたとよたろう》といふ名はいつも一級の首《はじめ》にしるされたりしに、一人子《ひとりご》の我を力になして世を渡る母の心は慰みけらし。

順調だった豊太郎に暗雲が立ちこめるのは、大学の自由な風に目覚めて豊太郎が官長の命ずる範囲を超え、「官長はもと心のままに用ゐるべき器械をこそ作らんとしたりけめ。独立の思想を懐《いだ》きて、人なみならぬ面もちしたる男をいかでか喜ぶべき」という独立の思想を持ち始めてからである。さらに、付き合いの悪い豊太郎を友人たちが面白く思わず、「彼人々《かのひとびと》は余を猜疑《さいぎ》し、又遂《つい》に余を讒誣《ざんぶ》する」にいたる。この時点で、豊太郎は自分の弱さを次のように述懐する。

余が幼き頃より長者の教を守りて、学《まなび》の道をたどりしも、仕《つかえ》の道をあゆみしも、皆《み》な勇気ありて能《よ》くしたるにあらず、耐忍勉強の力と見えしも、皆な自ら欺き、人をさへ欺きつるにて、人のたどらせたる道を、たゞ一条《ひとすじ》にたどりしのみ。余所に心の乱れざりしは、外物を棄《す》てゝ顧みぬ程の勇気ありしにあらず、たゞ外物に恐れて自らわが手足を縛せしのみ。故郷を立ちいづる前にも、我が有為の人物なることを疑はず、また我心の能く耐へんことをも深く信じたりき。嗚呼、彼も一時。舟の横浜を離るるまでは、天晴《あっぱれ》豪傑と思ひし身も、せきあへぬ涙に手巾《しゅきん》を濡《ぬ》らしつるを我れながら怪しと思ひしが、これぞなか〳〵に我本性なりける。この心は生れながらにやありけん、また早く父を失ひて母の手に育てられしによりてや生じけん。彼人《かの》々の嘲るはさることなり。されど嫉むはおろかならずや。この弱くふびんなる心を。

ここでは、彼は横浜を出発するまでは豪傑だと思っていたが、本当は弱虫であり、この心は生まれつきなのか、父を失って母に育てられたためかと詠嘆している。「この弱くふびんなる心を」と書いているが、ここでは横浜を出港したときに涙したことをきっかけに、「勇気があったのではなく」「外のことを恐れて自分を抑制していた」だけであるとする。その「弱き心」は深刻なものではない。その前段にある「わが心はかの合歓《ねむ》といふ木の葉に似て、物触《さや》れば縮みて避けんとす。我心は処女に似たり」というような臆病の心を嘆いているに過ぎない。

「弱き心」の変遷が、エリスとの出会い、親友相沢との会話などで、だんだん深刻なものに変わっていくのが描写されているが、ここではそれは省略する。鴎外が生涯を通じて克服しようとした「弱き心」は、次のように書かれている。

一月ばかり過ぎて、ある日伯は突然われに向ひて、「余は明日《あす》、魯西亜《ロシア》に向ひて出発すべし。随《したが》ひて来《く》べきか、」と問ふ。余は数日間、かの公務に遑《いとま》なき相沢を見ざりしかば、この問は不意に余を驚かしつ。「いかで命に従はざらむ。」余は我恥を表はさん。この答はいち早く決断して言ひしにあらず。余はおのれが信じて頼む心を生じたる人に、卒然ものを問はれたるときは、咄嗟《とつさ》の間《かん》、その答の範囲を善くも量らず、直ちにうべなふことあり。さてうべなひし上にて、その為《な》し難きに心づきても、強《しい》て当時の心虚なりしを掩《おお》ひ隠し、耐忍してこれを実行することしばしばなり。

ここでは、よく考えることなく、「自分が信じている人に問われたとき」直ちに承諾してしまう「弱い心」を取りあげている。しかも、それが難しいことであっても「諾」と答え、無理をして実行する、と「弱き心」の核心に迫っている。

「舞姫事件」を補助線にして読むと、鴎外と両親の関係を念頭に置いているとも、読むことができる。両親がどのような無理難題を命じても、それに否とはいえない。エリーゼとのことでも、あれほど来日前に打ち合わせていたのに、エリーゼの帰国を承諾してしまった。そんな「弱い心」を「悔恨」しているのではないか。また、文字どおり石黒などの上官、あるいは西周などの門閥との関係をも念頭に置いているとも考えられる。

最後の「弱き心」は、天方伯に一緒に帰国しようと提案されたときの状況として、次のように記されている。

われと共に東《ひんがし》にかへる心なきか、君が学問こそわが測り知る所ならね、語学のみにて世の用には足りなむ、滞留の余りに久しければ、様々の係累もやあらんと、相沢に問ひしに、さることなしと聞きて落居《おちい》たりと宣《のたま》ふ。その気色辞《けしきいな》むべくもあらず。あなやと思ひしが、さすがに相沢の言《こと》を偽なりともいひ難きに、もしこの手にしも縋《すが》らずば、本国をも失ひ、名誉を挽《ひ》きかへさん道をも絶ち、身はこの広漠たる欧州大都の人の海に葬られんかと思ふ念、心頭を衝《つ》いて起れり。嗚呼、何等の特操なき心ぞ、「承はり侍《はべ》り」と応《こた》へたるは。

天方伯の誘いに即答した「心の弱さ」を、「何らの特操なき心」と表現している。「特操」は「常に変らないみさお。不変のこころざし」という意味であり、エリスへの操を意味しているのであろう。この事件がきっかけで、豊太郎の帰国が決まり、それを相沢から聞いたエリスは発狂する。悲劇の原因は、すべてこの「弱き心」にあるというのが、「舞姫」を書いた鷗外の意図であったと思う。

「舞姫事件」を下敷きにすると、エリーゼの帰国を承諾した九月二四日の森家親族会議でのことがこれに当たるのだろう。森家一族は、「国家の費用で留学し、これからその学問を役立てることができるのではないか」「さもなければ、名誉も地位も失うのではないか」と迫った。当夜の会議が長引いたことから、鷗外は即答はしていないと思われる。しかし、結局はエリーゼへの愛よりも陸軍軍医としての出世を取ってしまった「特操なき心」を、鴎外は生涯後悔し続けたものと推測する。

「舞姫」の隠された主題は、「弱き心」をもつ自分自身を告発することにあったと考える。その「弱き心」をどのようにして克服するのかが、その後の鴎外の課題であり、事実「舞姫」出版後の鴎外は、強力な門閥を相手に離婚を敢行し、旺盛な文筆活動を展開している。軍医総監という地位にまで上り詰めると同時に、文学史に残る数々の作品を残した文豪鴎外は、常に「特操なき心」の克服を念頭に置いて行動していたのではないか。

出世と愛

「舞姫」の主題は、エリスへの「愛」と帰国しての「出世」、このいずれを取るのかという点にあるとの解釈がおおく見られる。確かに、エリスとの美しい愛を描いているが、それを捨てて出世のために帰国する豊太郎の悲劇を軸にして物語は展開されている。

このテーマも、今から一二〇年以上前の明治時代を考えさせる壮大な構想であったと考える。エリスとの愛は、個人の関係を重んじた西洋文明を象徴している。立身出世は明治時代を象徴する言葉であり、当時の日本文明の象徴であろう。とくに鴎外の母峰子は立身出世に強い欲求があったことが知られている。「出世」と「愛」の葛藤として書かれているのは確かであるが、西洋文明を取るのか、東洋（日本）文明を取るのかという視点も重要であろう。西洋文明に強いあこがれをもち、戦闘的啓蒙活動を続けた鴎外が、エリーゼとの愛の挫折による東洋文明への屈服物語として、「舞姫」を読むこともできるのではないだろうか。

「舞姫事件」の立場で考えて行くと、鴎外が挫折した直接の原因は「家同士の結婚」すなわち登志子との結婚を取るのか、「個人の愛」すなわちエリーゼとの結婚を取るのかにあった。テーマとしては「家同士の結婚」と「個人同士の結婚」にすべきではないかとも考えられる。しかし、鴎外はその立場を取りえなかった。もし、「家同士の結婚」を取りあげれば、両親が登場せざるをえない。親孝行な鴎外は「弱い心」を克服できず、よりよく明治時代を象徴する「立身出世」の風潮に便乗したものと考える。両親とくに峰子との関係を考慮してか、「舞姫」の中では、母親の自殺を暗示する記述をして、両親との対立を巧妙に避けている。また、「家同士の結婚」を書けば、直接登志子や、登志子の門閥を刺激することにもなる。事実を隠蔽するために、書きたいテーマを書けずに、それに代わる描写をする鴎外の特徴がここにも表れていると考える。

その一方で、エリーゼとの愛を描くことで、愛に基づく「個人同士の結婚」賛歌を表現している。

漱石は エリスとの出会いは、エリスへの憐憫の情から始まる。

漱石は「三四郎」のなかで「Pity's akin to love」を与次郎に「可哀想だた惚れたって事よ」と

訳させている。エリスとの恋も、父を失い葬式も出せずに泣いていたエリーゼに豊太郎が憐憫の情を覚える場面から始まる。

この豊太郎への感謝から彼女が豊太郎の下宿を訪ねた状態を次のように描く。

鳴呼《ああ》、何等の悪因ぞ。この恩を謝せんとて、自ら我儕居《わがきようきよ》に来し少女は、シヨオペンハウエルを右にし、シルレルを左にして、終日《ひねもす》兀坐《こつざ》する我読書の窓下《そうか》に、一輪の名花を咲かせてけり。この時を始《はじめ》として、余と少女との交《まじわり》漸《ようや》く繁《しげ》くなり……

「シヨオペンハウエルを右にし、シルレルを左にして」一日中読書している、読書好きの鴎外を思わせる豊太郎の許を訪ねたエリスを名花にたとえている。この時点では、少女が読書を趣味にしている様子はない。

彼は幼き時より物読むことをば流石に好みしかど、手に入るは卑しき「コルポルタアジユ」と唱ふる貸本屋の小説のみなりしを、余と相識《あいし》る頃より、余が借しつる書を読みならひて、漸く趣味をも知り、言葉の訛《なまり》をも正し、いくほどもなく余に寄するふみにも誤字《あやまりじ》少なくなりぬ。かゝれば余等二人の間には先づ師弟の交りを生じたるなりき。

この段にいたって、貸本屋の小説を読むくらいだったのに、豊太郎の貸す本を読んでそれを趣味にすると同時に、言葉遣いも変り、誤字も少なくなっていった。豊太郎とエリスは師弟の関係になった。エリスが自分と同じ趣味をもち、向上して行くのを見た豊太郎の喜びがうかがえる。エリーゼも鴎外と同じ文学を趣味としていたのではなかろうか。ここまでは、豊太郎が優位な立場に立っているが、それ以後立場が逆転する。

我が不時の免官を聞きしときに、彼は色を失ひつ。余は彼が身の事に関《かかわ》りしを包み隠しぬれど、彼は余に向ひて母にはこれを秘めたまへと云ひぬ。こは母の余が学資を失ひしを知りて余を疎《うと》んぜんを恐れてなり。

免官された豊太郎をエリスはその事実を母に隠し、あくまでその愛を貫こうとする。ここにいたり、エリスに対する豊太郎の絶対的優位は失われる。

嗚呼、委《くわし》くこゝに写さんも要なけれど、余が彼を愛《め》づる心の俄《にわか》に強くなりて、遂に離れ難き中となりしはこの折なりき。我一身の大事は前に横《よこたわ》りて、洵《まこと》に危急存亡の秋《とき》なるに、この行《おこない》ありしをあやしみ、また誹《そし》る人もあるべけれど、余がエリスを愛する情は、始めて相見し時よりあさくはあらぬに、いま我数奇《さつき》を憐《あわれ》み、また別離を悲みて伏し沈みたる面に、鬢《びん》の毛の解けてかゝりたる、その美しき、いぢらしき姿は、余が悲痛感慨の刺激によりて常ならずなりたる脳髄を射て、恍惚《こうこつ》の間にこゝに及びしを奈何《いか》にせむ。

このような逆境に追い込まれたとき、豊太郎ははじめてエリスに「遂に離れ難き中」の愛を感じる。その後の描写、「いま我数奇を憐み、また別離を悲みて伏し沈みたる面に、鬢の毛の解けてかかりたる、その美しき、いぢらしき姿」を見て「恍惚の間にここに及びしを奈何にせむ」というくだりは、男女の究極の愛を見事に描ききっているように感じられる。

妊娠したエリスは、豊太郎が帰国し、自分が捨てられることをおそれ、ふたたび豊太郎にすがる女に変身する。この辺の描写も、純愛から出発し「掛け替えのない大切な人」であったものが、いつしか「当たり前の既成事実」となり別れ話にまで発展する世の常の出来事として見事な描写である。

鴎外は、恋の始まりから終わりまでを、きちんと整理して的確に描いている。

鴎外は、豊太郎とエリスの恋を描くことによって、顔も知らず進められる「家同士の結婚」への批判を行っているものと考えてよい。鴎外のその当時の索漠とした結婚生活を考えると、エリーゼとの想い出は何物にも代え難いと感じていたのではないか。

しかし、現実の問題を考えると、そのような「真の愛」をすて、森一家が期待した「出世」の道を選んだのは、まさに「弱き心」「特操なき心」をもつ自分自身であると自己を責める気持ちになっていたのだろう。また、ドイツ人女性の来訪を知っていた登志子に、「真の愛」のあり方を示すことにより、決意していた離婚のシグナルを送ろうとしていたようにも思われる。

掉尾の一文

紅野敏郎は、「舞姫」を回想形式による完成した短編小説であるとしているが、その評を裏切るのが、最後に出てくる一文である。

嗚呼《ああ》、相沢謙吉が如き良友は世にまた得がたかるべし。されど我脳裡《のうり》に一点の彼を憎むこゝろ今日までも残れりけり。

豊太郎は、「恨を銷」す目的で、サイゴン港で想い出を綴っていたはずである。この最後の文章の前で小説は終わっていてもおかしくはない。しかし、「恨」を消すことができなかったことを書いているだけとは、到底受け止められない文章である。

「舞姫」は、サイゴン港での豊太郎が、生まれてからそれまでの自分自身を語る回想形式をとる一種の「入れ子」構造を取っている。その「入れ子構造」を、掉尾の一文は壊しているのではないか。すなわち、豊太郎以外の目が感じられるのである。それは、「舞姫」を書いている鴎外自身の目である。

「舞姫事件」を通して、鴎外は生涯にわたり、エリーゼのことを忘れることができなかった事実が明かにされた。日露戦争に従軍中の鴎外は、四二歳で「扣鈕」を詠んでいる。四六歳でエリーゼとの想い出を「我百首」の中に、第三者には理解できない形で詠み込んでいる。小説「雁」は四九歳の作品である。その想い出が焼き付けられたのは、「舞姫」執筆前後二六歳のころであり、この作品の中に、当時の鴎外の「恨」が書き込まれていても不思議ではない。

最後の一文をめぐって、多くの評論がなされているが、どれにも心から納得することはできない。「舞姫」の主題は「恨を銷」することにあり、最後の一文の前までは悔「恨」が書かれていた。しかし、最後の一文になって、親友相沢への怨「恨」という異質な「恨」が書かれている。多くの評論では、その「怨恨」は何を指しているのかという立場で論じられているように思う。

ここでは、「二重入れ子説」を提起しておく。すなわち、「舞姫」執筆当時の鴎外自身、サイゴン港で過去を振り返る豊太郎、彼によって描かれるそれまでの豊太郎という三人の目によって書かれていると考える。

全体を一つの回想形式であると考えると、サイゴン港の豊太郎と過去の豊太郎という単純な「入れ子」構造となり、最後の一文も豊太郎の目で書かれていることになる。その立場を取ると、根本的な矛盾が生じてしまう。すなわち、「恨」が分裂し、主題となっている「悔恨」が最後になって「怨恨」になってしまう。これまでの評論が、「舞姫」をたんなる「入れ子構造」としてなされてきたために納得できないのではないだろうか。

最後になって突然出現する鷗外の目を豊太郎の目と考え、読者は混乱する結果になったと思う。「二重入れ子説」を取れば、そのような混乱は解消する。鷗外のエリーゼへの想いと悔恨の強さから、小説全体の構成を崩す形で、当時の鷗外の思いと決意を最後に書きこませたのではないか。

それでは、親友相沢謙吉に対する「我脳裡に一点の彼を憎むこころ今日までも残れりけり」という「憎む心＝怨恨」という当時の鷗外の目は何かが、改めて問われることになる。「舞姫」の親友相沢謙吉は賀古鶴所がモデルであるといわれている。

次項に示すように、その回答は「一〇月一四日付賀古鶴所宛鷗外書簡」に求められる。

「その源の清からざる事」

未解決の謎が、賀古鶴所宛鷗外書簡の「其源の清からざる事故どちらにも満足致候様には収まり難く」の部分である。「其源の清からざる事」の「源」とは一体何を指しているのだろう。先に述べたように、「其源」について卑しい職業の女性であるとする説、親の認めない結婚であるという説、彼女はユダヤ人であるとの説、というような様々な説が提出されてきた。

私の解釈は、賀古鶴所が「鴎外のエリーゼへの深い思いを理解せず」、エリーゼ来日を西周の薦める結婚を「回避する手だて」としてしか理解していなかったことにあると考えている。おそらく、鴎外は賀古に「エリーゼを日本に招いたのは、登志子との結婚拒絶を行為によって示すことにある」と説明したことであろう。エリーゼの来日は、陸軍武官結婚条例の存在、森一族や西周に繋がる赤松の門閥などを考えると、理解に苦しむものである。鴎外は、登志子との結婚拒絶に重点をおき、エリーゼへの愛についての説明はしていなかったのではないか。そのために、賀古は「その源の清からざる事」という表現で「エリーゼの純粋さに対し、鴎外はそれを利用しようという不純な心で接している」のではないかと指摘したのだと思う。鴎外は、親友の賀古鶴所ですら自分の純粋な恋心を理解してくれなかった。それを「一点の憎む心」と表現し、本当にエリーゼを愛していたのだという意思表示をしていると解釈したい。「二重入れ子説」を取れば、「舞姫」の末尾の一文は混乱なく解釈できる。しかし、小説としてみれば、最後にそのような作者の思いが突然出現することは、作品の欠陥になっている。これまで「舞姫」を読む人々に違和感を与えた原因もここにあろう。

掉尾の一文は、その当時の鴎外の思いを書き綴っただけではない。その後の華麗なる門閥に対する闘いや上司を敵に回しての戦闘的言論などを、この一文を思い出して行っていたのではあるまいか。エリーゼとの人間的な関係を捨てざるをえなかった「弱い心」を反省しながら、しかもその「弱い心」を克服できず、親友賀古鶴所の所行を「憎む」「弱い自分自身」をこの一文に書き込んでいるのだと思う。この文章を想起するとき、あらゆる困難に立ち向かう勇気が勃然とわき起こっていたのだろうと推察する。

我が学問は荒みぬ

「舞姫」の中には、免官された豊太郎が新聞社の通信員となりその原稿を書くために「学問が荒れた」と書いている。

　昔しの法令条目の枯葉を紙上に掻寄《かきよ》せしとは殊にて、今は活溌々《かつぱつはつ》たる政界の運動、文学美術に係《かか》る新現象の批評など、彼此と結びあはせて、力の及ばん限り、ビヨルネよりはむしろハイネを学びて思を構へ、様々の文《ふみ》を作りし中にも、引続きて維廉《ウイルヘルム》一世と仏得力《フレデリック》三世との崩殂《ほうそ》ありて、新帝の即位、ビスマルク侯の進退如何《いかん》などの事については、故《ことさ》らに詳《つまび》かなる報告をなしき。さればこの頃よりは思ひしよりも忙《いそが》はしくして、多くもあらぬ蔵書を繙《ひもと》き、旧業をたづぬることも難く、大学の籍はまだ刪《けず》られねど、謝金を収むることの難ければ、たゞ一つにしたる講筵《こうえん》だに往きて聴くことは稀《まれ》なりき。

鴎外が、独逸留学中に衛生学の勉強をおろそかにして、小説その他に時間を費やしたことはよく知られている。この間の事情は、先に中井義幸論文で紹介したとおり、鴎外は「陸軍軍陣でのシステム全体」を調査するつもりで留学したのに、その一分科に過ぎない「衛生学」習得を命ぜられ、不満やるかたない状態になっていた。その状況を、免官されて新聞通信員になったとして書いている。

我学問は荒みぬ。されど余は別に一種の見識を長じき。そをいかにといふに、凡《およ》そ民間学の流布したることは、欧州諸国の間にて独逸に若《し》くはなからん。幾百種の新聞雑誌に散見する議論には頗《すこぶ》る高尚なるも多きを、余は通信員となりし日より、かつて大学に繁く通ひし折、養ひ得たる一隻の眼孔もて、読みてはまた読み、写してはまた写す程に、今まで一筋の道をのみ走りし知識は、自《おのずか》ら綜括的になりて、同郷の留学生などの大かたは、夢にも知らぬ境地に到りぬ。彼等の仲間には独逸新聞の社説をだに善くはえ読まぬがあるに。

鴎外が、自己の目的とした「全体のシステム」にかかわる仕事に熱中していたとすれば、ここに書かれているような、総合的な知識の習得は難しかったのではないか。橋本軍医局長、石黒軍医局次長の命令に従順に従わず、自分の意志に忠実だった鴎外の姿が「舞姫」からも読み取れる。その中で、さり気なく「ビヨルネよりはむしろハイネを学びて思を構へ」というように、革新的思想への傾注を書き込んでいる。

鴎外は幼少のころ徹底的に漢籍を学んだうえに、滞独中にヨーロッパの小説を沢山読んだだけではなく、「政界の運動、文学美術に係る新現象の批評など」にも目を向けていた。「舞姫」のこの部分では、西洋文明を体得したことを「自ら綜括的になりて、同郷の留学生などの大かたは、夢にも知らぬ境地に到りぬ」と記している。「舞姫」には、鴎外の滞独中の学問に対する興味やその修得についても書き込まれているものと考えてよい。

あまりにも無責任な豊太郎

「舞姫」を高校生が読むとき、読めば読むほど主人公豊太郎の無責任ぶりに立腹するとのことである。「舞姫」の主人公豊太郎と作者鴎外を同一視し、鴎外も無責任きわまる人物であるとの誤解も生じているようだ。とくに、日露戦争当時の脚気論争で誤った学説を貫いた森鴎外を知ることにより、その確信は一層深まるようである。

確かに、上長に罷免され行き場のない豊太郎を温かい愛情で包み込んだエリスを妊娠させたうえで発狂させ、養育費をおいて帰国する主人公には同情の余地はない。しかも、発狂は豊太郎の責任ではないような記述になっている。病気で意識不明の最中に、相沢謙吉が豊太郎帰国の真相を話したために、エリスは発狂するという筋立てである。

余は答へんとすれど声出でず、膝《ひざ》の頻《しき》りに戦《おのの》かれて立つに堪へねば、椅子を握《つか》まんとせしまでは覚えしが、そのまゝに地に倒れぬ。

人事を知る程になりしは数週《すしゆう》の後なりき。熱劇しくて譫語《うわごと》のみ言ひしを、エリスが慇《ねもごろ》にみとる程に、ある日相沢は尋ね来て、余がかれに隠したる顛末《てんまつ》を審《つば》らに知りて、大臣には病の事のみ告げ、よきやうに繕《つくろ》ひ置きしなり。余は始めて病牀に侍するエリスを見て、その変りたる姿に驚きぬ。彼はこの数週の内にいたく痩せて、血走りし目は窪《くぼ》み、灰色の頬《ほ》は落ちたり。相沢の助にて日々の生計《たつき》には窮せざりしが、この恩人は彼を精神的に殺しゝなり。

この段落を読むと、原因は豊太郎の帰国決断にあるにもかかわらず、「この恩人は彼を精神的に殺ししなり」と相沢に責任転嫁している始末である。

鴎外は、なぜこのような無責任な豊太郎を描いているのであろうか。「舞姫事件」の真相に迫ることができた立場から見れば、鴎外は「無責任な自分自身」を徹底的に糾弾する目的で、無責任きわまる豊太郎を登場させているのではないか。

一〇月四日に小金井良精が鉛筆書きの別れ話を、築地精養軒に滞在中のエリーゼに届けて、エリーゼを激怒させ、小金井による帰国交渉は決裂したという推定は先に述べた。この経過を見ると、その時の鷗外の無責任ぶりが浮かび上がってくる。それまで、まったく別れ話などしていなかったのに、第三者に手紙を託す卑劣な行為である。鷗外自身はまったく圏外にいて別れ話が進行したことと、病気で意識不明の間に相沢が事実を暴露する小説の筋立てとは相通じるものがある。自分自身の卑劣な行為を豊太郎によって描いたものと考える。

先ほどの文章に続けて、エリスの怒りを次のように描写している。

後に聞けば彼は相沢に逢ひしとき、余が相沢に与へし約束を聞き、またかの夕べ大臣に聞え上げし一諾《いちだく》を知り、俄《にわか》に座より躍り上がり、面色さながら土の如く、「我豊太郎ぬし、かくまでに我をば欺きたまひしか」と叫び、その場に僵《たお》れぬ。相沢は母を呼びて共に扶《たす》けて床に臥させしに、暫くして醒めしときは、目は直視したるまゝにて傍《かたわら》の人をも見知らず、我名を呼びていたく罵り、髪をむしり、蒲団《ふとん》を噛《か》みなどし、また遽《にわか》に心づきたる様《さま》にて物を探り討《もと》めたり。母の取りて与ふるものをば悉《ことごと》く抛《なげう》ちしが、机の上なりし襁褓《むつき》を与へたるとき、探りみて顔に押しあて、涙を流して泣きぬ。

これは小金井がエリーゼに手紙を届けたときに起こった情景ではないのか。思いもよらない鴎外からの手紙を読んで、エリーゼは「かくまでに我をば欺きたまひしか」と叫んで、手紙を突き返し、その場に倒れたのではないだろうか。

自分自身が別れる理由を説明せず、小金井に手紙を託すという責任を回避した姿勢を、鴎外は「舞姫」の中で糾弾しているのではないか。その意味において、主人公豊太郎の無責任さを憤る高校生諸君の読み方は正しいといえるが、なぜそのような主人公を登場させたのかという鴎外の意図は汲みとることはできないであろう。「舞姫事件」を念頭に置けば、無責任な豊太郎を読み取って貰うことこそ、鴎外の狙いであったといってよい。

「舞姫」と鴎外の生涯

自然科学者森鴎外は、「舞姫」を書くことにより、「舞姫事件」での弱い自分に訣別し、その後の人生を「仮面をつけて」送るようになった。青春時代の想い出を塗り込め、個人の立場を封印し、「弱き心」を克服した公人として生きようと決意したのではないか。そのために自分自身を叱咤激励する呪文として「舞姫」の最後の末文を書き残したのではないか。

しかし、この末尾の一文は、小説「舞姫」の構成のバランスを崩しただけではなく、鴎外の生涯にも悪影響を遺した。

この末尾文を呪文のように信じて行動したであろうその後の鷗外は、海軍との脚気論争にあたっても、最後まで自説の誤りを認めることはなかった。自然科学者の目を透徹させることができれば、事実の重みからみて、海軍の栄養説の方が正しいことは鷗外にも理解できたのではないか。残念なことに「弱い心の克服」という命題が、自然科学者の目を曇らせたのではないか。あるいは、真理は海軍側の栄養説にあると知りながら、陸軍側の理論的主柱としての立場を重視していたのかもしれない。

いずれにしても、真に「弱い心」を克服していたならば、脚気論争においても自己の誤りを素直に認めたことであろう。小説「舞姫」の中で、「恨」を消し去ることができなかったのと同様に、人生においても「弱い心」を克服できなかったものと思われる。

その意味で、鷗外の生涯を、最後の一文は象徴しているように感じている。「弱い心」の克服を念じつつ、それを果たせず「舞姫」に相沢謙吉への怨恨を書き込んでしまった。

その後の海軍との脚気論争においても陸軍を代表して論陣を張り、真の意味で「弱い心」を克服することができず、脚気の原因を細菌に求め続けた。その結果として、日露戦争において陸軍は脚気による膨大な戦死者を出してしまった。軍医森林太郎の名誉を汚すものであり、今もっておおくの批判が存在する。例えば、板倉聖宣著『模倣の時代』、坂内正著『鷗外最大の悲劇』やインターネットの森田保久「脚気と悪者鷗外」などでは手厳しくその誤りが指摘されている。森田は、その中で〝私も高校生のとき、「舞姫」を読みました。そのときの感想は正直に言って「ひどい人だ」でした。さらに、軍医として彼が犯した過ちを知ったときは、「とんでもないヤツだ」と思いました〟と書いている。前半の感想は、「ひどい人」を豊太郎に仮託して描いているのであり、鴎外の意図どおりに読まれていることを示している。後半は、豊太郎＝鴎外の上に立っての批判であるが、そのように受け止められても仕方がない鴎外の生涯であった。一軍医の鴎外が、日露戦争全体の糧食を左右する力はなく、山県有朋、石黒忠悳らを理論的に支持したにすぎないのかもしれない。また、文豪として名前を残さなければ、脚気事件の直接の責任者として責任追及をされなくてもすんだのかもしれない。しかし、この事件は、結果的に人間森鴎外の弱さを示すものであることにはちがいない。

「弱い心」の克服を、あくまで自己主張を崩さないことであると思い違いをしていたのだろうか。自己の発言を撤回することは、「弱い心」につながると鴎外は考えていたのかもしれない。生涯を通じての「弱い心」の克服という課題をついに克服できなかった鴎外の悲劇を、この一文から感じとっている。

その意味において、「舞姫」は「舞姫事件」当時の鴎外を描いていると同時に、鴎外の生涯を予言した小説でもあるように思う。

第六章　仮面の人・森鷗外

「仮面」

本書の題名を「仮面の人・森鷗外」とすることについて、友人から次のような疑問が出された。「人間は皆仮面を被って生きているのではないか。その仮面を取ると、その下にまた仮面があるのではないか」。実に鋭い指摘であり、「仮面」について考察しておく必要がある。

広辞苑によると「仮面」は、「(1)木・土・紙などで種々の顔の形に作り、顔にかぶるもの。宗教儀礼や演劇に用いる。めん。(2)比喩的に、正体や本心を隠すみせかけのもの。(—をはぎ取る)」とある。もちろん、本題名の「仮面」は(2)の意味である。

これまで見てきたように、「舞姫事件」を通じて明かにされた森鷗外像は、「謹厳実直で理知的」で冷徹ともいえるそれとはおよそかけはなれたものである。母峰子には絶対服従と考えられてきた鷗外が生涯に一度といえる無謀な反抗を「舞姫事件」では試みたと考えられる。しかし、この試みは森一家により抑圧され、それ以後鷗外は官人としては「個」(「私」)を殺し、「公」に生きた。社会的には明かに「仮面」を被って冷徹な軍人として生きたと考えている。

それでは文学活動においてはどうか。文学活動は、そもそも「仮面」を被ることにより成立するものであり、「仮面」の有無を論ずること自体無意味なことかもしれない。一般論としてみればそのとおりであるが、鷗外の場合には文学活動においても「仮面」をつけていたように感じている。鷗外はエリーゼの存在を家族以外には隠しとおしたため、社会的にはエリーゼは認知されていない。それにもかかわらず、当時は珍しかった外国人女性を登場させるために、読者は作品を読んで何かすっきりしない読後感を抱くのだ。その意味において、鷗外は二重の仮面を付けていたのではないかと考えて、「仮面の人・森鷗外」と題することにした。

その立場から、これまでに鷗外の「仮面」を正確に捉えている作品はないかどうかを点検してみると、鷗外の次女小堀杏奴は、かなり正確に二つの鷗外像に迫っていることに驚かされる。ドイツ人女性に関する情報も伝聞であり、不正確であるにもかかわらず、本書と同じ結論に近い表現が至るところに見られる。

彼女の証言を中心に、仮面を被った鷗外像について感想を述べてみたい。

小堀杏奴と父・鴎外

鴎外が、長男於菟をはじめ末子類にいたるまで、子供たちを分け隔てなく可愛がっていたことはよく知られている。とくに、次女小堀杏奴は鴎外を「パッパ」と呼び、多くの作品で父との交流を具体的に書き残している。その記述の正確なことが、最近、意外なところで立証された。

二〇〇四年一一月五日の朝日新聞一面トップに「良き父　鴎外」という大見出し、「娘らへ手紙一〇〇通、手製の教科書も」という中見出し、「次女宅で発見」の小見出しで大々的に報じられた。さらに一二面に「父の愛 鮮やかに」の大見出しで半頁を使って遺品の内容を紹介している。鴎外の孫・小堀鴎一郎氏は、大量に残された鴎外の遺品を処分し、トラック一台を優に超える量の蔵書を古書店に売った。外部公開できない私的な書簡を焼却し、判断のつかない衣装ケース数箱分の遺品が残され、これが公開された。

この記事を見ると、鴎外の細やかで温かい晩年の日常が遺品からうかがうことができる。一九三四年に書かれた杏奴の「晩年の父」には次のような文章がある。

　父は私のために歴史と地理の本を全部抜書きして、解りやすくしてくれた。
　父の字と所々私の子供らしいいじけたまずい字のまじっているこの帳面を見ると、私は悲しいとか何とかいうよりもっといたましいような恐怖を感じる。

教科書については、ここにあげた数行しか書いていないが、今回発見された膨大な資料でその正しさは証明された。一三歳で鷗外の死を迎えた小堀杏奴であるが、それだけに鷗外についての思い出は凝縮され、その記憶が正しく文章に残されているのだと思う。

鷗外の肉親はいずれも文筆の才に恵まれ、妹小金井喜美子、弟潤三郎、長男於菟、長女茉莉、次女杏奴、三男類のいずれも鷗外に関した作品を残している。しかし、小金井喜美子の「森於菟に」と「次ぎの兄」は研究者によって尊重されているようであるが、子供たちの作品は軽く扱われているような印象をうける。杏奴と類は幼少のころ父親と死別しているので、とくにその感が強い。

その杏奴が、父の女性観について「母から聞いた話」の中で、次のように書いている。「扣鈕」の詩のあとに、

この詠に現れて来る黄金髪揺らぎし少女と言うのが父の初期の作『舞姫』にも出て来る独逸留学時代の恋人ではないかと思われる。この人がどうも比較的女性に対しては恬淡であった父といちばん深い交渉を持っていたようである。…（略）…

小説『普請中』はこの女に逢ったものとして書いた父の空想の作であろう。

この女とはその後長い間文通だけは絶えずにいて、父は女の写真と手紙を全部一纏にして死ぬ前自分の眼前で母に焼却させたと言う。佐藤（春夫）先生の言われる「波のおと」の第一の声が母のものでなく、愛人のものであるとしたらこの人よりほかないと思う。

強いていえば後は父の作『ヰタ・セクスアリス』に殆ど書尽されているであろう。また他に何かあったとしても、それは何処までも機械視した性の対象としてであるから此処に書く必要もない事だ。

一九三五年の作品で、杏奴は二四歳であった。この時期にすでに、彼女は父鴎外に恋人がいるとすればドイツ人女性であること、それ以外の女性は機械的性の対象であると大胆な発言をしているのに驚かされる。

また、エリーゼ来日の事実を知らなかったので、「普請中」を空想の作品であるとしているが、エリーゼが宿泊した築地精養軒ホテルを舞台にしている。

これらの証言も大切であるが、晩年の杏奴はさらに踏み込んだ内容の作品を発表している。

「はじめて理解できた『父・鴎外』」

一九七八年一〇月に書かれ、雑誌に発表された「はじめて理解できた『父・鴎外』」（『諸君』一九七九年一月号）は、『晩年の父』（岩波文庫、一九八一年九月）に「あとがきにかえて」という題で所収されている。杏奴が六九歳のときの作品であるが、注目すべき内容である。

小金井喜美子の記述と真っ向から対立する形で、於菟も杏奴もドイツ人女性との交際について触れていることはすでに述べた。杏奴はさらに一歩を進めて次のように冒頭で書いている。

亡父が独逸留学時代の恋人を、生涯、どうしても忘れ去ることが出来ないほど、深く、愛していたという事実に心付いたのは、私が二十歳を過ぎた頃であった。そう考えるようになった原因の一つは、死期の迫った一日、父が、母に命じて、独逸時代の恋人の写真や、手紙類を持って来させ、眼前で焼却させたと、母が語ってくれたからである。

このことは拙著、『晩年の父』の、「母から聞いた話」の、終わりの方に出て来る。その、写真や、手紙類が、何処にしまってあったか？また、如何いう方法で焼却したか？という具体的なことを、その時母は何一ついわなかった。

このような書き出しで、杏奴は六九歳になって父鷗外をはじめて理解できたと書いている。杏奴はいくつかの具体的な事例を材料として、ずっと父鷗外の生涯を考え続けてきた結果を、ここに集大成している。若いときには、父鷗外に対してずっと批判的な態度をとり続けてきたのに、晩年になってそれを克服したことを次のように書いている。

若い時、私は青春時代の父について批判的でさえあった。それは先きに挙げた二点によって明かであるように、父がその恋人に、到底諦めることの出来ないほどの、深い恋情を抱きながら、その恋に殉じようとせず、祖母の命にのみ従順であったことである。

それればかりではない。独逸から帰国した父は、これまた祖母の命ずるままに、維新の元勲、赤松男爵の女、登志子と、愛のない結婚をし、一子を挙げている。即ち私の亡兄於菟である。

幼時から、私はどうしても祖母を好きになれずに来たが、老年に及び、少しずつ、寛大さを取り戻して来た。おそろしく小智、利己的なものにせよ、総て祖母は、息子のためによかれと思って取り計らったことであろうし、ただそれが、彼女の意に反し、裏目に出たというよりない。一つにはその結婚が、異国での、激しく、熱い恋の思出の日々から、あまり遠くない日に強いられたことにも原因があろう。

不正確な情報しか持ちあわせていなかった杏奴なのに、五〇年近い思索の結果からか、父鴎外の実像に迫っていることに打たれる。ここに記されている内容は、われわれの結論とほとんど同じである。一点違っているところは、「祖母の命にのみ従順であった」という箇所である。エリーゼ来日事件に際して、鴎外は精一杯の反抗を母峰子に示し、陸軍軍医辞職という意志表示をしたとわれわれが推定した点である。杏奴は、この時点でエリーゼ来日の正確な事実を知ることはなかったと思われるので、やむをえない。大局的にみれば、杏奴のいうように「祖母の命にのみ従順であった」ことは確かである。しかし、生涯にわたって鷗外がエリーゼとの想い出を書き続けることになったのは、悲劇的な「エリーゼ来日事件」のために、愛の結晶作用がおこるとともに、鷗外の生涯にわたる「弱い心」の克服という命題を残したためであろう。

また、登志子との離婚についても踏み込んだ解釈を示し、さらに次のように書いている。

亡母の話によると、ともかく父は、次第に痩せ、衰えて来たので、このまま放置し、万一のことがあったら！と気づかうあまり、祖母は、自ら勧めた結婚ではあったけれど、今度は率先して、離婚を望むようになった。此処で少しく、私の心が慰められるのは、登志子さんはその後、縁あって他家に嫁ぎ、一女を挙げ、平凡ながら幸せな日々を送ったらしく思われることである。私の生母しげの話によると、成人した登志子さんの娘は異父兄に当る於菟を非常に慕い、一日、祖母を介して出会い、若くして胸の病を得て没するまで、親しく往来したことが、兄の手記によっても明かである。

この記述も、「舞姫事件」の結論を裏づけるものである。結婚後、鷗外が、やせ細って、衰え、命にもかかわる状況になっていることがわかる。しかし、なぜそのような状況をもたらしたのかは、杏奴にはわからなかったのではないか。そのために、「異国での、激しく、熱い恋の思出の日々から、あまり遠くない日に強いられた」結婚に原因を求めている。エリーゼに対する計り知れない「惨痛」ともいえる悔「恨」について知ることができない以上、これもやむをえないことと思う。

さらに、杏奴は、エリーゼの面影を暗示する話を記している。

これも『晩年の父』の、「思い出」に登場するのだが、子供の頃、私の家から西片町の誠之小学校に通う道筋にある、川崎屋という荒物屋さんの、少年店員のことである。当時、十歳くらいの私より、三、四歳年長であった。この少年について、後に母が、少年が独逸時代の父の恋人に、生き写しだと、父が語っていたと教えてくれた。この母の話の方は、私が結婚してから聞かされたように思うから、多分、『晩年の父』には出て来ないはずである。母の言葉で、今更に私は、遠く、幼い日々を振返り、感無量であった。少年と語り合っている私や、弟を、軍服姿の父の顔が、微笑を湛え、じつとみつめていた一瞬の表情が、突如、まざまざと、眼前に浮かんだからである。何時もの、陽光のふりそそぐように、晴れ晴れとした、あの、かがやくような微笑ではなく、その笑顔には、今思うと、一抹の、寂しい影が感じられたのである。

エリーゼが鷗外にとって忘れえぬ人であったことをこれほど端的に証する文章は他にはない。

鷗外は家族には仮面を取って対していたことが明かである。そのエリーゼの存在をまったく知らない読者は、外国人女性の登場する鷗外の作品に違和感を抱くのは当然といってよい。

「舞姫事件」と肉親証言

小堀杏奴について取りあげたが、彼女の記述は、「三日間の謎」から出発し、「軍医辞表提出説」を仮定して得られた「舞姫事件」の全体像を強く裏づけるものであった。

森於菟、森茉莉、小堀杏奴などの肉親が「エリス＝永遠の恋人」説を主張しているのは明かなのにもかかわらず、これらの証言を鷗外研究者は軽視、あるいは無視しているのは不可解である。確かに、小金井喜美子による「森於菟に」と「次ぎの兄」は重要な文献であろうが、一九八一年に船客名簿により、その虚飾が明かになっている。喜美子の証言だけを重視し、鷗外の子供たちの証言を軽視することは、研究者の立場からは許されないことだと考えている。

彼らの証言が軽視される理由を推測すると、エリーゼ来日時に彼らは生まれていなかったことが挙げられよう。長男於菟は、登志子の長男であり、エリーゼ帰国後に生まれている。したがって、エリーゼ来日事件に関する情報は、すべて伝聞であることは間違いない事実である。これに対して、小金井喜美子は直接その事件に立ち会っており、その証言は信憑性があると考えられる。そのような理由を考えると、肉親証言に対する研究者の立場は理解できる。

もう一つ考えられるのは、子供たちの残した鴎外像とわれわれが知っているそれとのあまりにも大きな較差である。文豪森鴎外・軍医総監森林太郎のイメージは謹厳実直、剛毅で理知的、冷徹で雄々しい人物である。子供たちの描く像は、それとまったく異質な像である。帝室博物館長時代には、勤務室に子供を連れて行って遊ばせるという意外な一面を示している。さらに、出張先の奈良から毎日絵はがきを送り、押し花まで送ってきたことが遺品からも証明されている。その事実にぴったりした、優しく、神経質で、嫁姑問題で頭を抱え、どちらかといえば気の小さい人物像を子供たちは書き残している。その落差が研究者を悩ませたのかも知れない。

どのような理由か解らないが、鴎外研究者が鴎外の子供たちの証言を軽視していることは間違いない。しかし、「舞姫事件」を子細に検討してみると、子供たちの証言、とくに小堀杏奴の証言は、「エリーゼ来日事件」の細部を裏づけるものとさえいえる。

今後は、この視点で肉親の証言を再検討する必要があるのではないか。

幸田露伴の森鴎外像

幸田露伴の語った鴎外像は意外なものである。肉親の証言と同時に検討しておく必要がある。

鴎外主宰の雑誌《めさまし草》第三〜七号（一八九六年三月〜七月）において、鴎外、幸田露伴、斎藤緑雨の三人が行った作品合評に「三人冗語」がある。匿名座談会形式の最初の文芸時評であり、その当時幸田露伴は鷗外と親しい仲だった。その露伴との会話を岩波書店の編集者小林勇が、日記形式でまとめた『蝸牛庵訪問記』には、露伴の辛辣な鷗外評が載っている。

岩波書店から『鷗外全集』が出る話からはじまって、露伴は鷗外一家のことを小林勇に話している。一九三六年四月二七日の項に小林勇が露伴から聞いたこととして書き残した伝聞証言であるから、その信憑性には問題があるかも知れない。

露伴と鷗外が疎遠になる原因になったと思われる事情などを、露伴なりに小林に話している。石黒忠悳と鷗外の関係については次のように記されている。

死んでしまった人のことをいうのもいやだが、森という人はおそろしく出世したい根性の人だった。石黒忠悳という人が森の上役で、これと気が合わぬので、この一派を目の上の瘤のようにしていた。大橋や大倉は新潟の出身で、それらとわたしと交わっていたので自然わたしは石黒とも知り合いになった。これがわたしと森の離れる原因の一つになった。あとで知ったことだがさもあろうと思った。

「舞姫事件」の背景を知っている現在、石黒忠悳と鷗外の対立の原因は、出世のためではなく、エリーゼ来日事件や登志子との離婚事件にからんで起こったことと考えてよい。鷗外が出世にとって重要であった閨閥や上官と対決しながら登志子と離婚した事情を知らないために、露伴をはじめとする一般の人々は、筋違いな憶測をしているように思われる。母峰子に見られる立身出世志向が鴎外になかったとはいえないが、直接の対立は露伴の憶測とは異なるものと考える。
しかし、露伴が石黒と親しく交際していることに、鴎外が不快感をもったことは事実なのかも知れない。

露伴は、鴎外一家について厳しい批評を行っているが、母峰子の経済面について次のように記している。

森のお母さんというのがすこぶるへんてこな人だったよ。女中などにはおかずはやらぬという調子の人だった。一日に二銭か三銭やって、それでおかずを買ってご飯をすまさせるというあんばいだった。わたしがまだ森のところへ行くころには、潤三郎という弟が小さかった。この潤三郎にわたしの友だちが正月の土産に凧を買っていってやったら、森の家では一切おもちゃをやらない主義だといって、それを俥屋の子かなんかにやってしまった。友だちが森のおふくろにはかなわんよといっていた。

鴎外の蓄財については次のように書いてある。

森という男は蓄財の好きなやつさ。心は冷たい男だ。なにもかも承知していて表に出さぬ。
随分変なことがあったよ。

鷗外の蓄財あるいは峰子の吝嗇《りんしょく》に関わるこの二つの項目を読んで、その原因は「エリーゼ来日事件」にあるのではないかと連想した。エリーゼの旅費その他の多額な支出は森家の家計を圧迫していたのではないだろうか。はたして帰国時に旅費を用立てることができたのだろうか。

そのような森家の経済状態と、小金井喜美子の「次ぎの兄」にある「金目当て」の来日という表現は関係があるのではないだろうか。喜美子は「エリーゼ来日事件」によって家計が圧迫され、小金井良精との結婚披露宴も開くことができなかったものと思われる。そのような経過から、喜美子が「金銭目当て」のエリーゼ来日という筋書きを書いたのかも知れない。

そのような目で、「我百首」を眺めると、第七〇首、第七一首には「金」を詠んだ歌がある。

第七〇首「ことわりをのみぞ説きける金乞へば貸さで恋ふると云へば靡かで」の解釈は難しいが、「舞姫事件」を補助線として読むと意外な解釈にたどりつく。「ことわりをのみぞ説きける」は、鷗外の軍医を辞職してまでの結婚申し出に対し拒絶した事実と符合する。「恋ふると云へば靡かで」は、別れることが二人のための幸せにとって必要だとして靡くことがなかった事実とも符合する。このような解釈が正しいとすると「金乞えば貸さで」は、エリーゼに鷗外が金を貸して欲しいと申し出て断られたと解釈する外はない。意外な内容である。エリーゼは「金をせびりに来た」ような貧しい女性ではなく、裕福であった可能性が浮かんでくる。もしこの解釈が正しいとすれば、当時の森家は経済的に逼迫した状況にあったことを反映していると考えてよい。

第七一首「世の中の金の限を皆遣りてやぶさか人の驚く顔見む」は、一種の破れかぶれの心境を読んでいるように見える。さらに、第六八首「拙なしや課役する人寐酒飲むおなじくはわれ朝から飲まむ」や第六九首「怯れたる男子なりけりAbsintheしたたか飲みて拳銃を取る」と並べてみると、精神的にも経済的にも追いつめられた鴎外の姿が浮かんでくる。

「エリーゼ来日事件」は鴎外の心に大きな傷を残しただけではなく、経済的にも大きな打撃を森一家に残したものと思われる。ここでは、「エリーゼ来日事件」によって生じた森家のひずみが、第三者にも投影し、露伴などの誤解を受けている可能性があることを指摘しておきたい。

仮面の人・森鴎外

「舞姫事件」で鴎外は生涯にわたるトラウマ（心の傷）を受けた。

「個人の愛」に基づく結婚をしようと考え、エリーゼを日本に招き、母峰子に反抗したものの、日本古来の「家同士の結婚」の前にもろくもそれを放棄せざるを得なかった。

その事件の渦中で、母峰子によりエリーゼへの書簡を書かされるという苦汁を味わされた。小金井の点検を受けた鉛筆書きの手紙は、エリーゼを激怒させ、人間としてあるまじき行為であることを自覚させた。そして一切をなげうって結婚しようと決意し、軍医の辞表を提出したにもかかわらず、エリーゼは鷗外への「真の愛」のためにそれを拒絶し帰国してしまった。ドイツ留学から帰って西洋合理主義を啓蒙しようと考えていたであろう鷗外自身の痛切な蹉跌であったにちがいない。

さらに、赤松登志子との結婚により、深い屈辱を味わうことになる。

エリーゼとの別れの悲しみに沈んでいる鷗外をよそに、母峰子・弟篤次郎は登志子との結婚を急ぐ。エリーゼの帰国三日後には、西周邸を訪れて婚儀は「急を要す」と申し入れ、待ちくたびれていた西周も婚約を急ぐ。媒妁を石黒忠悳に頼もうとして、西周は「エリーゼ来日事件」の詳細を知り、激怒する。この件でも、西周や石黒に鷗外は苦い思いをさせられる。婚約を先延ばしにしていた鷗外を、森家は無理に西周と会わせる策略を巡らし、婚約を承諾させられる。

その結婚も、赤松家と森家の家柄の相違から「婿入り同然」の扱いを受け、屈辱感を味わう。

二重、三重の屈辱を味わった結果、この事件がどうしてこのような結果に終わったのかと鷗外は考え続けていたにちがいない。その結論が自分自身の「弱い心」にあることを自覚した。

その思いが、小説「舞姫」に結晶している。「舞姫」の最後に見られる一文は、そのような自分の欠点を克服できない思いを書いて、結びとしていると思える。この作品を思い起こしては、自分自身の「弱い心」と闘っていたのではないだろうか。

「弱い心」の克服が、鴎外の生涯の課題となっていたにちがいない。小説「舞姫」にそれを塗り込め、「弱い心」を隠す仮面を被り、冷徹で剛毅な人間を演じ続けたと思う。一旦決意したことはやり遂げるという強い意志の人を演じ通した。その一つとして、鴎外の名を後世に辱める結果となった「脚気病原説」をあくまで主張し続けることにもなったのではないか。

文人・鴎外を高く評価する人々は無数にいるが、軍人・森林太郎を評価する人は現在では皆無といってよいのではないか。「エリーゼ来日事件」の悲劇がなかったら、あるいは文豪・鴎外は生まれなかったかも知れない。少なくとも、鴎外の文学作品はもっとちがった展開をみせたものと思われる。「弱い心」の克服というトラウマが文学者森鴎外を生むと同時に、現実を無視した「脚気病原説」をあくまで押し通す陸軍軍医森林太郎につながったと考えている。日露戦争での戦死者の過半数が脚気病であったことはよく知られている。森林太郎一人にその罪を背負わせるのは酷ではある。しかし、山県有朋や石黒忠悳の理論的支柱として海軍側を攻撃し続けたことは、鴎外にとって消すことが出来ない一大汚点である。

仮面の人を演ずることで、文豪として世に名を残し、軍医として最高位まで登ることができた。しかし、仮面の人・森鴎外の家庭生活は幸せなものだったとは思えない。複雑な人間関係に翻弄され続けた。とくに母峰子と妻志げとの関係は険悪なもので、その詳細は小説「半日」に見事に描かれている。「エリーゼ来日事件」で「個」を捨てて以後の鴎外は、「個」について無関心になっているように見える。再婚の相手荒木志げについても、「絶世の美人である」という峰子の薦めを受け容れたにすぎない。エリーゼに対するような情熱的な鴎外の姿を二度と見ることはできなかった。鴎外の子供たちに寄せる愛情は、大人の世界の醜悪な出来事についての罪滅ぼしであったのかも知れない。

遺言は脱仮面宣言

鴎外の遺書についても多くの議論がされてきた。鴎外の死は一九二二（大正一一）年七月九日であるが、死の三日前に親友賀古鶴所に遺言を口述筆記させている。

鴎外の「遺書」の全文はつぎのとおりである。

余ハ少年ノ時ヨリ老死ニ至ルマデ一切秘密無ク交際シタル友ハ賀古鶴所君ナリコヽニ死ニ臨ンテ賀古君ノ一筆ヲ煩ハス死ハ一切ヲ打チ切ル重大事件ナリ奈何ナル官憲威力ト雖此ニ反抗スル事ヲ得スト信ス余ハ石見人森林太郎トシテ死セント欲ス宮内省陸軍皆縁故アレドモ生死別ルヽ瞬間アラユル外形的取扱ヒヲ辞ス森林太郎トシテ死セントス墓ハ森林太郎墓ノ外一字

モホル可ラス書ハ中村不折ニ依託シ宮内省陸軍ノ栄典ハ絶対ニ取リヤメヲ請フ手続ハソレゾレアルベシコレ唯一ノ友人ニ云ヒ残スモノニシテ何人ノ容喙ヲモ許サス

大正十一年七月六日

林太郎言　拇印

賀古鶴所書

仮面の人森鷗外に相応しい遺言である。鷗外のいくつかの作品と同様に理解に苦しむ内容である。一読して文言はよく理解できるものの、遺言として何を云おうとしているのか不明である。何回読み直してもその真意は不明である。

陸軍軍医総監・医務局長という軍医としての最高位に登り詰め、その後帝室博物館総長兼図書頭、帝国美術院長となるなど、まさに官界の王道を歩いてきたと思われる人物の遺言としては理解できない。しかも、「奈何ナル官憲威力ト雖此ニ反抗スル事ヲ得スト信ス」との文言は、鷗外自身が歩き続けてきた生涯をも否定しているような印象さえうける。

この異常な遺言に対して、多くの研究者が様々な角度から言及している。日露戦争における脚気問題の誤りから位階勲等を辞退したという説。本人は爵位を望んでいたのに、爵位をうけることができなかったため、一切の外形的取扱いを辞退したという説。いろいろな説はあるものの「森林太郎トシテ死セントス」という文言と照らし合わせると、何かしっくりしない。

中野重治は、「鷗外は、何のために、何をおそれて、あれほどむきになって死の外形的取り扱いを拒んだのであろうか。どうして、あれほどに力をこめて、それにたいする嫌悪の情を露骨に表白したのであろうか」と疑問を投げかけている（『鷗外　その側面』、一九五二年）。

まさに、仮面の人・森鷗外に相応しい遺言といえる。

しかし、「舞姫事件」を理解した立場からみれば、単純明快な遺言であるように思われる。鷗外はエリーゼを選んで軍医の道を捨てるか、エリーゼを捨てて軍医の道を選ぶかの岐路に立たされた。結局軍医の道を選び、その後もしばしば辞職しようとしては賀古に慰留され励まされて昇進を重ねた。しかし、彼がエリーゼを裏切ったことを心から悔いていたのであれば、エリーゼへの裏切りの代償である「宮内省陸軍ノ栄典」には嫌悪の情すら感じたであろう。「絶対ニ取リヤメヲ請フ」ということになっても不思議ではない。「絶対に」とまでいう語気の強さは、抑制をしいたものへの怒りと、それに耐え、黙していた想い、つまり、「エリーゼ来日事件」で受けた心の傷の深さを感じさせる。

仮面を被り続けた鷗外は、死にあたって、仮面をかなぐりすて、「公」を捨て去り「個」を回復したかったのだと解釈できる。遺言は、生涯にわたって仮面を強いられてきた鷗外の死に臨んでの「個」の回復宣言だった。

あとがき

「石黒日記」で浮かび上がった「三日間の謎」から出発して、鴎外はエリーゼと結婚するつもりで彼女を来日させたことを推論した。この過程で、「エリーゼ来日事件」は赤松登志子との縁談と密接不可分の関係があり、「舞姫事件」として理解すべきであることを述べた。

この推論は、これまで誰も発表したこともなく、また文献的な直接証拠があるものでもない。しかし、この仮説によって、これまで謎とされてきた鴎外の言動や諸作品をこれまでと違った角度から解明できるものと考えている。

この書を終わるにあたって本論考を整理し、感想を記しておきたい。

1　謎解きをおえて

問題提起の意義

「エリーゼ来日事件」について、これまで正面からとり組んだ研究はなかったのではないか。その状況のなかでエリーゼを真正面から取りあげたことに本書の意義はあると思う。

山﨑國紀が指摘しているように、鷗外研究者は「エリス事件」に触れることを避けているように思われてならない。本書はそのような状況に一石を投じる意義があると考えている。

本論考の是非について議論が行われ、「舞姫事件」が認知されることを期待したい。

新しい視点の提供

これまで「エリーゼ事件」についてなぜ決着が付けられなかったのか。「文献主義」が徹底されているため、論争に決着を付けるような新しい証拠が見つからなかったためであろう。

本論考では、資料を総合して推論を進めるという新しい立場を提案した。一〇〇年以上前の事件について証拠が集められない以上、資料をたどって推理し、真実に近づく以外に方法はないのではないか。推論を積み重ねることにより、「エリーゼ来日事件」はエリーゼのみに注目するだけでは解決できず、「舞姫事件」という新しい視点が必要であることを提示できたと考える。

論点の整理

「エリス事件」については、来日女性の名前をはじめとする用語の混乱や事実に対する多様な解釈が見られる。資料が少ないうえ、一〇〇年以上も昔の事件である以上やむをえない。これらの混乱について本論考では、研究史の区分をはじめとしていくつかの論点整理を行っている。

すなわち、研究史を、「研究空白期」、「エリス期」、「エリーゼ期」と区分し、本書の主張が認められれば、新に「舞姫事件期」を加えるべきであるとした。

また、エリーゼ滞日中の日程は、「無風期」、「帰国交渉期」、「交渉決裂期」、「帰国期」に四区分できることを示した。「交渉決裂期」を明かにすることにより、小金井喜美子の「次ぎの兄」の虚飾を指摘できた。これにより「エリス=路頭の花」説は根拠を失うことになった。

ドイツ人女性の名前についても混乱しているが、「船客名簿」に書かれている「エリーゼ」を否定する根拠を示すことなく、新しい名前を提案すべきではないと考える。

「三日間の謎」の重要性

本論考の特徴は、「補助線」と考えた「石黒忠悳日記」の三日間の記述から出発し、それを追求するという方法論によった点にある。もっとも基本的な項目は「石黒日記」の三日間の記述であるとした。今後の研究でも、この三日間の出来事を矛盾なく説明するとともに、他の事件との矛盾が生じないことが求められる。

この中で、「軍医辞表提出」を推論したが、この正否が本論考の是非を左右するものである。

鴎外と森家との対立

鴎外が親孝行であった事実は有名であり、これまで鴎外と森家は一枚岩の関係であると考えられてきた。しかし、エリーゼ来日事件をめぐって、鴎外と森家は対立していたことを推論した。両者の対立を前提としない限りこの事件は解釈できないからである。この新しい視点に立つことにより、はじめて「舞姫事件」の全貌に迫ることができたと考えている。

「エリーゼ」への手紙

一〇月四日に小金井が精養軒に持参したエリーゼへの手紙を「森家によって書かされた別れ話」であったという新しい解釈を示した。「事敗るる」という記述とその後の展開、および「我百首」の第四〇首により、十分に論証できたものと考えている。

賀古鶴所宛鴎外書簡

「エリス＝永遠の恋人」説を悩ませ続けていたのが、一〇月一四日付「賀古鶴所宛鴎外書簡」であった。この書簡は従来考えられていたようなエリスとの訣別宣言ではなく、エリーゼ帰国に関しての鴎外の日程変更を報せる手紙であることを論証した。これにより「エリス＝永遠の恋人」説の障害は取り除かれたと考えてよい。

鴎外と「舞姫事件」

エリーゼとのことは鴎外に生涯消し去ることができないトラウマを与えた。この事件から二〇年近く経ってからも、鴎外は「扣鈕」や「雁」、「我百首」などを発表している。この事実から、そのトラウマの大きさが推察できる。これまで不可解であった鴎外の諸作品は、「舞姫事件」を念頭におくことにより理解できるようになったと考える。

文豪鴎外の誕生にとっても、「舞姫事件」は欠くべからざる要件であったのではないだろうか。文豪鴎外を生む大きな契機を、エリーゼが与えたとも考えている。

エリーゼの渡航費

三年間の研究で最後まで結論が出なかったのは、エリーゼ来日の渡航費を誰が負担したかという問題であった。どこにも手がかりがないためである。

推論になるが、渡航費はエリーゼ自身が負担した可能性が高い。ひとつは、鴎外がエリーゼ来日が実現するかどうか疑問に思っていた節がある。もし鴎外が渡航費を負担していたならば、ベルリンを去るときに「愴然」とした態度は取らなかったであろう。また、鴎外の遺品のなかにMとRのモノグラムを刻んだ亜鉛板が残されている。これは、当時のドイツで婚約成立の際贈られる品で、中流階級以上の家庭の風習といわれ、渡航費負担が可能であると思われる。

鴎外が負担可能であったという説もある。この場合には鴎外がエリーゼを招いたのであり、これまでの定説であった「金銭目当ての来日」ではありえない。

いずれのケースであっても、エリーゼは金をせびりに来日した「路頭の花」ではないことは明かであり、渡航費負担問題についての本書での究明は、それで十分であろう。

本論考の到達点

序章において、大きな謎として七項目、エリーゼ来日当時の具体的な謎九項目をあげた。

全一六項目について検討してきたが、エリーゼの渡航費負担問題を除いて、一五項目について謎を解くことができたと考えている。その論考は、石黒忠悳日記の「三日間の謎」を「軍医辞表提出説」におき、総てを関連させて矛盾なく説明することができたと思う。

本論考では十分触れることができなかった項目であるが、エリーゼ来日事件にかかわる森家の財政支出の問題も重要である。エリーゼの帰国旅費や滞在費などは森家が負担するのが当然のことと考えられる。どのような額をどのように支出したのか。それが森家にどのような影響を残したのか。小金井喜美子が結婚披露宴をすることができなかったことや、「次ぎの兄」にエリーゼを「金銭目当てに来日した」「路頭の花」と記述した背景を考えるうえで大切な問題であると思う。

本論考を議論の踏み台として、「エリーゼ来日事件」あるいは「舞姫事件」が検討され、混迷している「エリス事件」に決着がつけられることを願ってやまない。

2　仮面の人・森鷗外

謎の人・森鷗外

鷗外の死後八三年にもなるのに、これほど多くの謎に包まれた人物であったことに、改めて畏怖の念を覚えた。もともと文学の世界からは縁が遠く、鷗外は理知的で近寄りがたい文豪というイメージしかもっていなかった。三年間の謎解きによって、人間くさい若い時代の鷗外像が浮かび上がってきた。同時に、多くの作品に登場し、来日の事実もわかっているにもかかわらず、エリーゼの人物像について、ほとんど解明されていないのにも驚かされた。徹底的に証拠を湮滅しながら、作品にエリーゼの影を塗り込めることができた鷗外の才能に、文豪と称せられるのも無理はないと思わされた。

とくに、処女作「舞姫」の執筆目的を「この恨を銷せむ」ためであると読者に公表しながら、鷗外にとっての「恨」が何であったのかを読者には隠して済ませるという構想には脱帽せざるをえない。しかも、この短編のなかに、鷗外が当面していた諸問題をすべて書き込み、エリーゼへの贖罪、自己告発、登志子へのメッセージが自然科学者らしい丹念さで表現されていた。テーマも、近代日本の抱えていた諸矛盾を、「愛」と「出世」という形で提出している。現代にも通用するテーマである。さらに、みずみずしい筆致で「愛の始まり」から「愛の終わり」までを描ききっていることを知ることができた。このようなことも「舞姫事件」という補助線がなければ、読み取ることは不可能であったと思う。

研究者の執念

「謎解き」の三年間を通じて、多くの鴎外研究者の絶えざる追求が熱心に行われていることを知り、その執念にも驚いた。

一八八八年に発行されて埋もれていた英字週刊紙にエリーゼの来日・離日が記載されている船客名簿があるのを発見したという執念。実に九三年ぶりの発見であり、これにより「エリス事件」は小金井喜美子による事実の歪曲であることが証明された。

「石黒日記」「小金井日記」「西周日記」などの公表、とくに「西周日記」解読の努力にも敬意を表せざるをえない。これらの解読がなければ、「舞姫事件」の謎を解くことは不可能だったと思う。晩年の西周は脳梗塞になり、「西周日記」はほとんど読みとれないような記述であるとのことだが、それを解読するという作業が行われてきた。「西周日記」の解読と、中井義幸の「軍医森鴎外再考」「続軍医森鴎外再考」がなければ、エリーゼ来日の謎も永久に不明のままに置かれたことと思う。

その意味においては、多くのデータが揃った段階で「三日間の謎」解きに挑めた幸運に感謝せざるをえない。

漫画に登場する森鴎外

「エリーゼ来日事件」が二人の結婚を前提にしたものであったと断定した研究はこれまでになかった。唯一の例外は、関川夏央・谷川ジローによる『『坊っちゃん』の時代　第二部　秋の舞姫』であった。漫画による「舞姫事件」への挑戦である。しかし、エリーゼという名前が判明しているにもかかわらず、断り書きをして、わざわざ「エリス」との名前を使用しているうえ、荒唐無稽な筋立てを展開している。何と「エリス」が講道館とヤクザとの出入りに割って入りピストルを突きつけるというシーンがある。理解に苦しむ筋立てであったが、それは「エリス」に「ギリ（義理）」を語らせるためであるのだろう。エリーゼが結婚のために来日したとすれば、どうしても鴎外にエリーゼと別れる理由を語らせねばならない。自分の命をかけて女を守る義理人情の世界を描くことにより、鴎外に向かってエリーゼは「恋人のために命を投げ出すギの心がない」「そう思い知りました」「さあ…永訣の杯を干しましょう」という台詞を投げかける。関川は、エリーゼが結婚のために来日したという新しい設定をしながら、「舞姫事件」の背景を理解していなかったために、無理のある筋立てにしてしまった。

芥川龍之介による森鴎外像

芥川龍之介の「侏儒の言葉」の中に、「森鴎外」という項目があり、「畢竟鴎外先生は軍服に剣を下げた希臘人である」と書いてある。「軍服に剣を下げた」という意味はよくわかるが、「ギリシャ人である」という表現には悩まされる。少なくとも、日本人離れした文明人（哲学者？）というイメージが浮かぶ。芥川も仮面の人・森鷗外を掴みきれなかったことと思われる。

「天才」の項では、「天才とは僅かに我我と一歩を隔てたもののことである。只この一歩を理解する為には百里の半ばを九十九里とする超数学を知らなければならぬ」。また「天才とは僅かに我我と一歩を隔てたもののことである。同時代は常にこの一歩の千里であることを理解しない。後代はまたこの千里の一歩であることに盲目である。同時代はその為に天才を殺した。後代はまたその為に天才の前に香を焚いている」。また「民衆も天才を認めることに吝かであるとは信じ難い。しかしその認めかたは常に頗る滑稽である」。また「天才の悲劇は「小ぢんまりした、居心地の好い名声」を与えられることである」。

これまで、天才という名前の前にひれ伏し、鷗外を手の届かない存在として眺めていたが、「軍医辞表提出説」により、青春時代の懊悩する生身の鷗外を知ることができたように思う。身近な人間ではあるが、同時に千里を隔てる天才であるというのが私の実感である。

仮面の人・森鷗外

「舞姫事件」を契機として、鷗外は仮面をつけて一生を過ごすことになった。個人の感情を抑え込み、軍医としてまた作家として冷徹で理知的な人間を演じきった。

その家庭生活をみるとき、「舞姫事件」の後遺症の大きさを思わずにはいられない。登志子との結婚生活は不幸な結果に終わり、長男森於菟は祖母峰子の大きな庇護のもとに成長するが、それがまた次の不幸な事態を招いている。

鴎外は、離婚一二年後の一九〇二年に、荒木志げと再婚するが、この結婚もまた不幸なものであった。母峰子と妻志げの間は険悪なものとなり、その状況を鴎外は小説「半日」に描いている。家庭の不和を小説とはいえリアルに描いて発表する鴎外のやり切れなさが伝わってくる。あまりにもリアルに家庭状況を書いたためなのか、この小説は、関係者が死去するまで全集の中に所載することはできなかった。

鴎外の子煩悩はよく知られている。とくに、次女小堀杏奴を鴎外が溺愛したことは有名であり、彼女もそのことを書き残している。杏奴を含め子供たちが書き残した資料には、謹厳実直な仮面の下には、実に優しい気配りをしている鴎外の姿がある。

しかし、鴎外にとって何よりも不幸であったことは、「エリーゼ来日事件」以降、女性を真の意味で愛することが出来なかったことであると思う。肉親である杏奴が書き残している鴎外の女性観「鴎外は女性を機械的な性の対象としてしか考えていなかった」はそれを裏づけている。唯一の例外があるとすれば、それは「若いドイツ人女性である」との杏奴の証言は、「舞姫事件」の後遺症の大きさを示している。

鴎外は「個」を捨て「公」の立場に立って仮面を被り続けたと書いてきた。もう少し付け加えるならば、鴎外にとってそれはきわめて深刻な事態であったと考えている。「個」の立場は、個人の自由な発想にもとづく行動であり、いわば「民主主義」を意味するものであろう。当時の「公」の立場は、天皇制という「君主制」であり、整然とした身分関係のうえに成り立ち、個人は上からの指示命令に従わなければならなかった。文学者鴎外にとっては、「個」の立場しかありえず、仮面を被って「公」の立場で行動することは、矛盾であると同時に苦痛でもあったであろう。鴎外のいくつかの作品には、権力への反抗を思わせるものがある。行動においても中江兆民とともに反政府的言動を明かにしたこともあった。さらに、「エリーゼ来日事件」を隠蔽し、文人としても仮面をつけてそれに関する作品を書き続けたことも苦痛であったろう。

仮面を被りつづけた苦痛を鴎外自身十分に感じていたと考えている。遺言によって、「公」への訣別と「個」への復権を宣言したと推測するゆえんである。

3　むすび

楽しかった三年間

森鴎外がドイツ留学から帰国して一カ月目に軍医の辞表を提出したという奇想天外な仮説から出発し、次々に謎を解いていくという楽しい三年間であった。

文系と理系という異分野の組合せと同時に、二人が鴎外研究に関しては素人であったこともよかったと思う。研究にあたって重要なのは「本質は何か」、「真実は何か」という好奇心であり、二人とも「エリーゼ」の人間像そのものに関心があった。しかも、エリーゼは「路頭の花」などではありえないという確信を当初からもち、彼女の名誉回復を図りたいという願いも一致していた。美しく、聡明で、決断力・行動力もあるエリーゼ像を論証できてよかったと思う。鴎外が生涯忘れることができなかったのは当然と思えるエリーゼ像であってよかった。

エリーゼ像解明を主目的で始めた研究であったが、全容の解明により、鴎外文学に大きな影響を及ぼしていた「舞姫事件」であることを副次的に明かにできたのは望外の喜びである。

謝　辞

友人たちの手厳しい批判は、研究を進める原動力になった。重箱の隅をつついて「舞姫事件」などと思い上がるな。文芸評論でもなければ、研究ともいえない。鴎外はそのような女々しい人物ではありえない。文学研究では、そのような手法は認められない。などなどという批判をうけるたびに、それを乗り越えるために智恵を出しあった三年間であった。

新しい事実が見つかる度に、それを吹聴したくなり、恩師や友人に説明しては批評を求めた。また、粗稿を見ていただいたこともあった。嫌がることなく対応してくださった皆さんのお陰で研究は一段落した。これからは、鴎外論議で皆さんを悩ますことはないものと思う。

本稿を終わるにあたって研究の端緒を提示し、三年間の共同研究において文献を精査し、原稿作成においても種々ご援助下さった小平克氏に深甚な感謝の意を表します。

諏訪清陵高校の恩師牛山之雄先生からは、ご高齢にもかかわらず、終始有益な示唆をいただくことができ、半世紀以上にわたる師恩の有り難さを痛感しています。拙稿についてご助言下さった、米倉巌、高林良治、大谷沙羅子、大谷溥、市川一雄、大久保智弘、森史朗、岩垂弘、宮坂英朋、廣嶋清志、有賀祐勝、小平均、小口明、近藤光也、関裕安、平出公仁、春日健児、北原克彦、小泉悦夫、熊崎秀和の皆様に心から謝意を表します。

鴎外研究者として著名な筑波大学名誉教授平岡敏夫博士から推薦の言葉を頂戴したことは、望外の喜びであると同時に、身の引き締まる思いです。

同時代社をご紹介下さった諏訪清陵高校同窓の岩垂弘氏と、面倒な注文に対し種々ご配慮いただいた同時代社川上徹社長の格別なご好意に感謝申しあげます。

二〇〇五年三月二三日　記

参考文献

Charles Reede：Ein einfach Herz(Singleheart and Doubleface) Verlag von T.Engelhorn, 一八八七年
あまね会翻刻：『国会図書館蔵　西周日記』、鴎外記念本郷図書館、一九九八年〜二〇〇三年七月
赤嶺幹雄：「Akamine's Web Page」、http：//www2.odn.ne.jp/˜cat45780/
板倉聖宣：『模倣の時代』全二巻、仮説社、一九八八年三月
紅野敏郎：『朗読日本文学大系―近代文学編―』解説、ソニーミュージックハウス、二〇〇一年
神田孝夫：「鴎外森林太郎帰国前後の鬱屈と憂悶」、『東洋大学大学院紀要』、一九八二年二月
金子幸枝：『鴎外と〈女性〉―森鴎外論究―』、大東出版社、一九九二年一一月
木下杢太郎：「森鴎外先生に就いて」『文芸春秋』、一九三三年四月（『木下杢太郎全集』第11巻、所収）
小金井喜美子：「森於菟に」、『鴎外遺珠と思ひ出』、昭和書房、一九三三年一二月（岩波文庫『森鴎外の系族』所収）
小金井喜美子：「森於菟に」、『文学』六月号、一九三六年（『森鴎外「舞姫」作品論集』所収）
小金井喜美子：「次ぎの兄」、『冬柏』五月号、一九三七年（岩波文庫『森鴎外の系族』所収）
小平　克：『森鴎外論　―「エリーゼ来日事件」の隠された真相―』、おうふう、二〇〇五年四月

小林　勇：『蝸牛庵訪問記』、講談社文芸文庫、一九九一年一月
小堀杏奴：「晩年の父」、一九三四年五月（岩波文庫『晩年の父』所収）
小堀杏奴：「思出」、一九三五年一一月（岩波文庫『晩年の父』所収）
小堀杏奴：「母から聞いた話」、一九三五年一一月（岩波文庫『晩年の父』所収）
小堀杏奴：「あとがきにかえて（はじめて理解できた『父・鴎外』）」、一九七八年一〇月（岩波文庫『晩年の父』所収）
小堀桂一郎：『森鴎外　―文業解題（創作編）』、岩波書店、一九八二年一月
坂内　正：『鴎外最大の悲劇』、新潮選書、二〇〇一年五月
須田喜代次：「「我百首」の試み」、『森鴎外「スバル」の時代』、双文社、一九九七年一〇月
関川夏央・谷口ジロー：『「坊ちゃん」の時代 第二部「秋の舞姫」』、双葉文庫、二〇〇二年
竹盛天雄編：「石黒忠悳日記抄（三）」、岩波書店、『鴎外全集』月報三八、一九七五年六月
中井義幸：「軍医森鴎外再考」、『鴎外』第五九巻、一九九六年七月
中井義幸：「軍医森鴎外再考（続稿）」、『鴎外』第六〇巻、一九九七年一月
中井義幸：『鴎外留学始末』、岩波書店、一九九九年七月
中野重治：『鴎外　その側面』、筑摩書房、一九五二年二月
成瀬正勝：「舞姫論異説」、『国語と国文学』、一九七二年四月
成瀬正勝：『森鴎外覚書』、中央公論社、一九八〇年一一月

長谷川泉：『鴎外文学の位相』、明治書院、一九七四年五月
長谷川泉：『鴎外文学の側溝』、明治書院、一九八一年一一月
長谷川泉編：『森鴎外「舞姫」作品論集』、クレス出版、二〇〇〇年一〇月
平岡敏夫：『森鴎外―不遇への共感―』、おうふう、二〇〇〇年、四月
平山城児：『鴎外「奈良五十首」の意味』、笠間書院、一九七五年一〇月
森田保久：「脚気と悪者鴎外」、http：//homepage3.nifty.com/ymorita/neta5.htm
森　鴎外：『鴎外全集』全三八巻、岩波書店、一九七一年一二月
森　鴎外：『森鴎外全集』全一四巻、ちくま文庫、筑摩書房、一九九五年七月
森　於菟：「父の映像」、東京日日新聞随筆、一九三六年四月（『父親としての森鴎外』所収）
森　於菟：「鴎外の母」、『台湾婦人界』、一九四二年六月～一〇月（『父親としての森鴎外』所収）
森　於菟：「鴎外と女性」、『台湾婦人界』、一九四三年一月～五月（『父親としての森鴎外』所収）
森　於菟：「鴎外の隠し妻」、『文藝春秋』、一九五四年一一月（『父親としての森鴎外』所収）
森しげ子：「波瀾」、『あだ花』所収、弘学館書店、一九一〇年六月（『鴎外全集』第38巻所収）
森まゆみ：『鴎外の坂』、新潮文庫、二〇〇〇年
山崎一穎、高橋英也、井田進也：鼎談「森鴎外の存在」、『文学』一九九七年七月号
山崎一穎：『森鴎外　明治人の生き方』、ちくま新書、二〇〇〇年三月

山﨑國紀：『鴎外　森林太郎』、人文書院、一九九二年一二月
吉野俊彦：『双頭の獅子　森鴎外』、ＰＨＰ研究所、一九八二年七月
陸軍軍医学校編：『陸軍軍医学校五十年史』、一九三六年一一月
劉向著、沢田瑞穂訳：「列仙伝・神仙伝」、『中国古典文学大系8』、平凡社、一九六九年一一月

付表 「石黒忠悳日記」、「小金井良精日記」および「次ぎの兄」の比較対照表

月/日	「石黒忠悳日記」	「小金井良精日記」	「次ぎの兄」
9/8(土)	(石黒・鷗外、横浜に到着)	八時頃帰宅、おきみハ本日帰朝ニ付千住エ行キシガ同時ニ帰リ来ル	↓鷗外、父に「エリス」の来日を告ぐ
9/9(日)			
9/10(月)			
9/11(火)			
9/12(水)	(エリーゼが横浜に到着)	おきみ千住エ行ク、少時シテ帰リ来ル	
9/13(木)			
9/14(金)		午後四時帰宅食事シ千住エ行ク九時帰宅	
9/15(土)	夜六時大山伯ニ披招(略)帰路森ト閑談ス		
9/16(日)		午後四時教室ヲ出テヽ石黒忠悳子去ル八日帰朝ニ付見舞フ面会ス	
9/17(月)			
9/18(火)			
9/19(水)			
9/20(木)			
9/21(金)	森林太郎来ル旅費ノ事ヲ談ス		

第Ⅰ期 (9/12〜9/21)

9/22(土)			母、まさか来はすまいと思っていた
9/23(日)			
9/24(月)	独逸公使館ヲ森ト二人ニテ訪存ス	今朝篤次郎子教室ニ来リ林子事件云々ノ談話アリ夕景千住ニ到リ相談時ヲ移シ十二時半帰宅	↓母、早朝。エリス築地滞在を告ぐ
9/25(火)		午後三時半教室ヨリ直ニ築地西洋軒ニ到リ事件ノ独乙婦人ニ面会種々談判ノ末六時過帰宿	↓夫、築地の精養軒にてエリスに会う
9/26(水)		三時半出テヽ築地西洋軒ニ到ル愈帰国云々篤子モ来ル共ニ出テヽ千住ニ到ル相談ヲ遂ケ九時帰宅	↓エリス、あきらめて帰国を口にする
9/27(木)		五時半過出テヽ築地西洋軒ニ到ル、林太郎子既ニ来テ在リ暫時ニシテ去ル	↓夫、鴎外と打ち合わせて帰国船決定 ↓(「林太郎子既ニ来テ在リ」の記事なし)
9/28(金)			↓夫、忙しいので二、三日を置く
9/29(土)	青山御料地ニ至リ赤十字病院ノ地ヲ相ス森至ル局長至ル		
9/30(日)			
10/1(月)			
10/2(火)		後三時半教室ヲ出テヽ長谷川泰君ヲ訪フ不在是ヨリ築地西洋軒ニ至ル模様宜シ六時帰宅	↓エリス、機嫌良く、篤次郎と買い物をする。喜美子、夫に路頭の花という
10/3(水)			
10/4(木)		午十二時教室ヲ出テヽ築地西洋軒ニ到ル林子ノ手紙ヲ持参ス事敗ルヽ直ニ帰宅	↓(「事敗ルヽ」の記載なし)
10/5(金)		午後築地ニ到	

← 第Ⅱ期 →

第Ⅲ期			
10/6(土)	森来ル		
10/7(日)	朝森林太郎母並弟妹来ル	午後おきみヲ携テ団子坂辺エ散歩ス	↓（喜美子の石黒邸訪問の記載なし）
10/8(月)	石坂より森ノ事ヲ内談アル		
10/9(火)			（時期不明）夫、旅費・旅行券を持参
10/10(水)	森林太郎来ル		
10/11(木)			
10/12(金)	加古子森ノ事ヲ相談ス	夕影賀古子来ル森林子ニ付テノ話ナリ共ニ晩食ス	↓（賀古来訪の記載なし）、夫は「賀古さんには逢ってはおりました」
10/13(土)			
第Ⅳ期			
10/14(日)	（鴎外、賀古に書簡を送る）	（前略）是ヨリ築地ニ到ル林子在リ、帰宅晩食千住ニ行キ十一時帰ル	
10/15(月)		午後二時過教室ヲ出テヽ築地ニ到リ今日ノ横浜行ヲ延引ス帰宅晩食シ原君ヲ見舞フ	↓（「横浜行ヲ延引」の記載なし）
10/16(火)		午後二時築地西洋軒ニ到ル林子来リ居ル二時四十五分発汽車ヲ以テ三人同行ス横浜糸屋ニ投ス篤子待受ケタリ晩食後馬車道太田町弁天通を遊歩ス	↓夫、築地で鴎外と落ち合い、三人で横浜に着く。篤次郎待ち受ける
10/17(水)	森林太郎来リ本日例之人ヲ船ニ送リ届ケタル事ヲ云フ	午前五時起ク七時半艀舟ヲ以テ発シ本船General Werder 迄見送ル、九時本船出帆ス、九時四十五分ノ汽車ヲ以テ帰京十一時半帰宅、午後三時頃おきみト共ニ小石川辺ニ遊歩ス	↓朝早く起き、七時に艀に皆乗り込んで、仏蘭西本船まで見送る

補遺

共同研究者・小平克について

三年間の共同研究者である小平克について触れておきたい。

この研究は、鴎外の「軍医辞表提出説」を提起した小平に触発された私が、二人で議論を交わしながら研究を進めたが、膨大な文献調査のほぼ全部を小平が行っている。研究において何より大切なのは、問題提起を行うことである。したがって、問題提起と調査のほとんどを行った小平が主研究者であり、私は従の共同研究者であることを明記しておきたい。小平は、学術論文をまとめあげ、本書に先立ち四月一〇日に「おうふう」から『森鴎外論―「エリーゼ来日事件」の隠された真相―』を刊行した。綿密な考証にもとづく論考であり、頁数が多いので、読むのには骨がおれる。いわば、そのダイジェスト版として本書は書かれている。本書で省略されている考証については、小平の著書をお読みいただきたい。

小平も私と同様に、文学専攻というわけではない。小平は都立高校などで、社会科「倫理」を教えていたが、一九九七年三月に定年退職している。この経歴からわかるように小平もまた文学については「素人」に属しており、固定観念をもっていないことは確かである。「軍医辞表提出説」などという大胆な仮説を提出したことからもそれは裏づけられる。同じ素人であっても、小平は文系だけあって、私より文学の素養ははるかに高い。

小平克は、長野県立旧制諏訪中学時代からの私の友人小平均の三歳下の弟であり、現在の諏訪清陵高校の後輩でもある。旧知の仲ではなく、二〇〇〇年四月に小平兄弟と会食したのが、親しい交際のはじまりであった。それ以前にも電話で小平克と話す機会はあった。同窓の高尾利数法政大学教授（当時）の書かれた『イエスとは誰か』（ＮＨＫブックス、一九九六年）の中に出てくる軍事教官について話しあった。その軍事教官は、戦時中であるにもかかわらず、西洋の小説を読んでくれ、人間の感情は洋の東西を問わず同じであると教えたという。この教官は誰なのかというモデル探しについて小平と私は共通の関心をもったのである。この問題も一種の謎解きであり、この時の経験が、今回の共同研究にもつながっているものと思う。

小平が、「エリーゼ来日事件」に関心をもったのは、中井義幸著『鴎外留学始末』のなかに、鴎外が示したエリスへの心配りが記されていたからであった。帰国途上の鴎外は、後を追って航行中のエリスに一冊の本をコロンボの港に留め置いて、エリーゼに渡そうとしながら、日本に持ち帰ったという。この本（Charles Reede : Ein einfach Herz、口絵参照）は現在東大図書館に所蔵されている。その本の扉には鴎外自筆のドイツ語で、「この小説は、旅の最後にもう他に何も読むものがなくなった時に読みなさい。まあ読まないほうがいい。読む値打ちがない。コロンボ　1888.8.16 M」と書いてあった。これを読んだ小平は、「金銭を目当てに追いかけてきた」といわれているエリスはそのような人物ではないのではないかと疑問をもち、研究を始めたという。

共同研究を始めるきっかけは、本文の中にも書いたとおり、著名な鴎外研究者四氏がともに小平の「エリス事件異説」について否定的な見解を示されたことにある。当時の研究水準は今から見ると低い段階にあり、否定されても仕方がなかった。しかし、私は研究者四氏より小平の見解が正しいと信じ、彼の論考に欠けている点を示唆した。その後の足取りは、本書に示したように、次々に鴎外の「軍医辞表提出説」を裏づけるような資料を発掘することができ、元気づけられた。

研究を進めるためとはいえ、嫌がる小平にパソコンを購入してもらったことも書き落としてはならない。これによって迅速に意思疎通を図ることができ、スムーズに研究を進めることができた。インターネットがなかったら、三年間で納得できる結論を得ることはできなかったと思う。

著者略歴

林　尚孝：茨城大学名誉教授、農学博士

1933年6月12日、大連市(現中華人民共和国大連市)に生まれる。宇都宮市戸祭小学校に入学し、岡谷市岡谷国民学校(小学校)を卒業。長野県立諏訪中学校に入学したが、敗戦による学制改革により諏訪清陵高校を卒業。1954年東京大学農学部農業工学科を卒業、農林省関東東山農業試験場技官(研究職)、東京大学農学部助手、山形大学農学部助教授を経て、1968年茨城大学に移り、東京農工大学大学院教授を併任。1999年3月茨城大学を定年退職、茨城大学名誉教授。2004年6月から諏訪清陵高校同窓会長。

博士論文：安息角による粉体物性の確率論的研究（東京大学）

現 住 所：〒270-1154 千葉県我孫子市白山2-15-2

Tel.04-7183-2726　Fax.04-7185-8121

E-mail：nhayashi@mvb.biglobe.ne.jp

仮面の人・森鷗外 ―「エリーゼ来日」三日間の謎

2005年4月30日　初版第1刷発行

著　者　林　尚孝

発行者　川上　徹

発行所　㈱同時代社

〒106-0065 東京都千代田区西神田2-7-6

電話03-3261-3149　FAX03-3261-3237

印　刷　㈱小　田

ISBN4-88683-549-X